れんげ荘の魔法ごはん

プロローグ

――心の中をのぞける眼鏡は、いらない――。


「七里《ななり》、お前、いくつになった?」

涙をこらえ、私は十年ぶりの懐かしい顔へ口を開く。

「……潤《じゅん》おじさん、二十歳だよ、大人になったでしょう」

「連絡もなく、突然、深夜に仙台《せんだい》から大阪《おおさか》に訪ねてくるのが大人か?」

口を開けない私に、叔父さんが続けた。

「もしかして、〝まほう〟を使ってしまって、ここに逃げてきたのか?」

言われたとおりで、こくりと頷《うなず》く。

……私が逃げてきたここは、大阪、『れんげ荘』。

母の弟である潤おじさんが、夫婦で経営するアパートだ。

一階の『管理人室』と表札が見えた部屋を訪ねると左隣に案内され、シャッターが閉まっていた中に入り、今居る薄暗い空間が何か聞く前に質問されている。

「…… 〝まほう〟のこと、知ってて、……頼れる人、他に居なくて」

自分でも情けないと思うかすれた声で答え、言葉を返してくれない潤おじさんから視線を外し、両目だけ動かして辺りを見る。

最小限の電気をつけた部屋の中、奥には長い長方形のテーブルとその手前には丸いテーブル、そのどちらにも椅子がセットされている。

ふたつのテーブルと少し離れてカウンターが伸び、その向こうには調理場。

「二十歳の大人なのに、頼れる彼氏はいないのか？」

ここが飲食店か聞く前に質問され、とても重たく感じる口を開く。

「……彼氏に、……〝まほう〟を、……使ったの」

最後、とても小さくなった私の答えに、ふうっと大きく息を吐く音が重なる。

「約束したよな、〝まほう〟は、親しくなった他人には使わないって」

がつんと、潤おじさんの言葉に後頭部を殴られた。

「約束破って、困って、こんなところまで来たのか？」

そのとおりの私は口を開けず、ここへ至るまでを思い返す。

仙台から飛行機で大阪に着いたあと、携帯のナビに『大阪』『れんげ荘』と入れて、ここに着くことが出来た。

途中、JR大阪駅から乗り換えの駅が見つからず、ひと駅ぶんタクシーを使い最寄り駅である中崎町《なかざきちょう》駅に着いた。

そこかられんげ荘まで、春先の細い雨に打たれるのを気にせず歩いた。

……十年、母から禁止され連絡を一切取れなかった、潤おじさんに会える。

そう思うと、胸がぽかぽかして、深夜の見知らぬ道に怖さや不安を感じなかった。

「七里、現実から逃げたお前は、どうしようもない子供だ」

潤おじさんの言うとおりだ。

浮かれていた自分が恥ずかしい、冷たくなった全身がここに来た後悔に満たされる。

「……おじさん、……ごめんなさい」

震える唇で言い、なんとか顔を下に向けないだけで必死だ。

「なんで、謝る」

「……だって、……怒ってるでしょう」

今、目の前に居る潤おじさんは、あの頃と別人のよう。

「なんで、怒ってると思うんだ」

十年前、いつも笑みを浮かべ優しい言葉だけをくれた潤おじさんとは、正反対だ。

「……〝まほう〟を、使わない約束を破って、……いきなり押し掛けた、……どうしようもない子供だから」

そして、昔のままの彼を期待してここへ押し掛けた自分勝手な私は、自分の言うとおり。

「俺は、そういうのに怒ってるんじゃない、お前が……」

涙を我慢するのに必死な私に、潤おじさんが言葉を途中で止め、背中を向ける。

十年前と変わらない大きくて四角い背中が、「ついてこい」と言った。

外に出て、最初に訪ねた管理人室の右隣、部屋の鍵を開いた潤おじさんにうながされる。

「布団はそこのクローゼットに、扉の向こうがトイレと台所に洗面所と風呂だ」

中に入ると、部屋は時を重ねた外観と印象が違った。

六畳ほどの濃い茶色のフローリングの空間、真新しくはないけれど古さは感じない。

「暗いうちはふらふら出歩くな、朝になったら好きにしろ。俺は隣の部屋にいる」

潤おじさんが出ていこうとし、止まった。

「何、してんだ」

着ている黒い長袖の上からでも、固い筋肉を感じる腕から私は慌てて手を離す。

「〝まほう〟、使ったのか？」

「……使ってない！」

私は耐えられなくなり、顔を下に向け、口を閉じてから開く。

「……使っても、……おじさんは、……血が繋《つな》がってるからのぞけないよ」

「そうか、鍵、かけて寝ろよ」

そう言い残し、潤おじさんは出ていった。

さっきは出ていって欲しくなかったのに、今はほっとしている。

「……私は、……どうしようもない子供だ」

そんな言葉がぽそりと口からもれ、玄関の床に両膝が着いた。

両手も冷たく硬い床に着くと、肩からショルダーバッグが落ちる。

蓋をしていなかったのだろう、中身が散らばり、出てきた自宅の鍵につけたキーホルダーのうさぎと目が合う。

小さなうさぎのぬいぐるみのキーホルダーは、私と困り顔が似ているからと、初めてのデートのときに、生まれて初めての彼氏が買ってくれた。

告白されてすぐに返事の出来なかった私に、「友達付き合いからでもいい」と言ってくれ、今日までひと月お休みは一緒に過ごした。

恋愛経験のない私を焦らせることはなく、手も握ってこない優しい人だった。

「……なのに、……どうして、騙《だま》してたの？」

うさぎに聞いても返ってくるわけがなくて、視界がぶわぶわとぼやけ始める。

両目から水が止まらなくなり、口の中が塩辛くて、狭い喉での息が苦しい。

溺《おぼ》れているみたいだと思ったとき、

『何かあれば、我慢せずに、『れんげ荘』にいつでも来ていいから』

十年前の潤おじさんの笑顔と言葉が、頭と耳に再生される。

それを頼りにここへ来た、どうしようもなく子供の私は、自分の涙にぶくぶくと沈んでいった。

第一話　塩エクレアと塩ラーメン

「今年は暖冬だったから、仙台の桜が咲くのは遅いそうです」

……また、お天気の話をしている。

そう気づいたけれど、他の話題は思いつかず、私はテレビで得た情報をそのまま口にしていく。

「来週、四月初めまで、全国的に雨の日が多いそうです。……洗濯物が乾かなくて、困りますね」

最後だけオリジナルの話を終える。

テーブルを挟んだ向かいの顔は、私を見ているけれど反応はない。

さらなる話題を思いつかず、目の前の皿に視線を落とす。

黒白のうずまき断面がかわいい、ロールケーキのモンブランがワンピース。

頂上の栗の砂糖漬けをしばらく見つめていても、あちらからの声はなく、話題を思いつけない私は自分の皿の向こうのケーキを見る。

黄色と赤が散る白のうずまき断面、綺麗《きれい》ないちごのロールショートケーキ。

テーブルにふたつのデザートの皿が置かれ、しばらく経《た》つ。

フォークを伸ばさない彼氏は、今日、いつも以上に無口だ。

……ひょっとして、私は、何かしてしまったんだろうか。

正午、仙台駅からすぐの映画館が入っているファッションビルで待ち合わせした。

何を観るか相談した結果、ふたりの観たい映画が違い両方観ることになった。

私が希望したファンタジーアニメのあと、彼氏が希望したサスペンス。

……サスペンスより、ゾンビが出てくるホラーのほうが観たそうだった気がする。

ホラーが苦手な自分のせいで観ようと言わなかったのでは、そう聞こうとして、うしろからの大きな声で口を閉じる。

振り向くと、華やかな女子ふたりがスマホを手に盛り上がっていた。

……このお店、あんまり好きじゃないよね、……苦手だったよね。

映画館の入るファッションビルの一階、洋服のブランドが手掛けたカフェ。

この店の売りは、ワンピースにカットされたロールケーキ。

ショートケーキ、モンブラン、チョコレートケーキ、季節の果物を使ったもの。

普通は三角や四角なのに、うずまきがかわいい丸い姿になったケーキをテレビで観て、女子心をくすぐられてしまった。

そんな自分と同じなのか、店内は女性で溢《あふ》れ楽しそうに盛り上がっている。

……騒がしいところが苦手なの、……教えてもらってたのに。

私は、付き合わせてしまった罪悪感に包まれ、一ヶ月前まで彼氏と一緒に働いていたホテルの様子を思い返す。

仙台駅から少し離れたホテル、一階のラウンジで私は接客のバイトをしていた。

二十年前には仙台一だと言われていたそのホテルは、駅前に外資系の洒落《しゃれ》たホテルが次々建ち、利用者が年々減っていると支配人がよく愚痴をこぼしていた。

確かに、ホテルは大きく立派で清掃が行き届いているけれど、デザインの古さと老朽化はどうしても否めず、建物に合わせるようにご年配のお客様が目立っていた。

でも、私はそのホテルが大好きだった。

一緒に働く従業員だけでなく、お客様まで建物同様ゆったりとして優しかったから。

「七里、次の日曜から、バイト復帰するんだよな」

突然の向かいからの声に、現実に戻った私は顔を上げ「はい」と返す。

二年前、専門学校に入学してから始めた初めてのバイトは、二週間前の卒業に合わせ一ヶ月前に辞めていた。

一週間前、来月から働くことが決まっていた就職先を辞退した私は、一昨日、事情を支配人に話して頼み今週末から復帰させてもらう。

「ラウンジの接客の人間が足りないから、みんな喜んでる、……俺も」

最後、とても声が小さくなり顔を下げた彼氏に、私は顔を緩める。

先月、バイトを辞める一週間前に開いてくれた送別会。

会のあと駅まで送ってくれた彼氏に、『友達付き合いからでもいい』と交際を申し込まれた。

私は、一週間悩んでバイトの最終日に返事をし、今日までひと月彼氏のお休みの日を一緒に過ごしている。

十歳年上の彼氏は、ホテルの厨房《ちゅうぼう》で十年働いていて、一年ほど前からラウンジ担当になった。

無表情で口数が少ない生真面目な彼は、女子従業員からの受けはよくなかった。

けれど、私はひそかに意識していて、突然の告白に驚きながらも嬉《うれ》しかった。

その後、とても悩んで、お付き合いをすることを選んだ。

「就職なくなって残念だったな。でも、バイトしながら一生懸命頑張ってた経験は、絶対に無駄にならないから」

私は熱くなった胸で「はい」と返す。

一緒に働いていたときから、時折、小さな言葉で私を救ってくれた彼氏は、優しい人だと思う。

「七里、ホテルで働きながら、保育士の仕事を探すのか」

真面目な顔と質問に、少し考えてから答える。

「……うん。……ホテルのお仕事は好きだけど、バイトだから。……二年勉強したことを活《い》かして、ちゃんと、ひとりで生きていくようにしたい」

「じゃあ、なんで、他の人に譲ったんだ」

彼氏の言葉に、私は固まる。

「就職辞退するとき、園長に相当引き止められたんだろ。理由を言わなかったから」

言っていなかった話をされ、口を開けない私に彼氏は続ける。

「半年前から決まっていた就職を、泣きつかれたとしても、どうして他人に譲ったんだ」

……どうして、誰にも話していないのに、彼氏が知ってるんだろう。

専門学校を卒業して一週間後、最終面接まで一緒だった子が家に突然やってきた。

内定したのは私で、落ちてしまったのは彼女で。

泣きながら頼んできた彼女の思いは、とても強いモノで。

……自分が以前〝まほう〟で思い遂げたことがあることを思い出し、断る資格がないと思ったのだ。

「園長さんは、七里に、働いてほしかったと言ってた」

答えを言えない私に、彼氏が続ける。

「七里が辞めたあと、園長さん、同窓会でホテルを利用してくれてラウンジで話してた。七里が辞めてからラウンジの接客が足りなくて、俺も表に出てるんだ」

冗談を一切言わない彼氏の言葉は、真実なんだろうと思う。

「七里みたいに、俺は、他人に幸せを譲ることが出来ない。だから」

そんないいものではないと言う前に、彼氏が閉じた口を開いた。

「七里、結婚しよう」

何を言われたか、少しして理解し、気づいた。

テーブルの上、私の手の上に彼氏の大きな手が重なっている。

慣れない温かさに、どくんどくんと、胸の音が嫌に高鳴っていく。

「俺、今月中にホテルを辞めて、来月から、泉中央《いずみちゅうおう》駅からすぐの居抜き店舗を借りて店を開こうと思ってる」

私の様子には気づいてないだろう、彼氏の声に集中する。

「泉中央駅にサッカー場があるだろ、そのすぐそばのビルの一階なんだ」

泉中央駅は、仙台駅から地下鉄で十五分ほど。

山の中にあるけれど、駅を囲むように大きなファッションビルが立ち並び、駅からすぐにサッカー場があり賑《にぎ》わっている。

「俺、中高サッカー部で、家も近かったからよく観に行ってた。七里はあるか」

そう聞かれ、中学一年生のときを思い返す。

今も交流がある、親友の幼なじみが観戦にハマり、サッカー場に連れていかれた。

私は指定のシートに座る前に、気を失って床に倒れてしまった。

「少しでも早く、幸せなところを見せつけたいんだ」

調子の変わった声が聞こえ、下がっていた顔を上げる。

「小さいけど洋食屋をやろうと思ってる、七里とふたりで」

手をぎゅっと握られ、幼なじみに同じようにされたことを思い出す。

運ばれたサッカー場の医務室で目を覚ますと、目の前には、今にも泣きそうな顔。

私の片手を両手で強く握り、幼なじみは『ごめんね』をくり返した。

私は、私が体調不良を押してきたと思い込んでいる幼なじみに、本当のことを言えなかった。

私の〝まほう〟は基本的に相手に触れていなければ発動されない。

けれど、当時はまだ〝まほう〟の力が不安定で、誰にも触れていないのに〝まほう〟の力で沢山の人の色んな感情に包まれ、パニックになり気を失ってしまったのだ。

……二十年、仲よくしてくれている幼なじみにも、私は〝まほう〟のことを言ってない。

人の心を覗ける〝まほう〟が使えるなんて、他人からしたら気持ちいいものではないだろう。

私だって、この〝まほう〟をいまだに自分自身で受け止めきれておらず、他人に打ち明けて理解してもらえるなんて思っていない。

「ふたりでなら成功出来る。嘘《うそ》がつけない七里と、結婚して一緒に店をやりたい」

私の〝まほう〟を知らない彼氏のまっすぐな視線と言葉に、口を開けない。
すると、突然、頭に強い痛みを感じた。
思わず閉じてしまった瞼《まぶた》をゆっくりと開け、驚く。
テーブルを挟んだ向かい、彼氏がいなくなったからだ。
『七里ちゃん、すごく、いい子じゃないか』
代わりに座る、見知らぬ男性が言葉と白い煙を吐く。
私は、両目を閉じて開いた。
『就職を情でダメにするなんて、今のご時世なかなか出来ることじゃない』
知らない男性が、私の話をしながらタバコを吸っている。
辺りの景色はカフェではなく、見知らぬ古く小さい喫茶店に変わっている。
私は、今の状況と、苦手なタバコの臭いに頭がくらりとした。
『それで、今暮らしてるマンション、名義が母親から七里ちゃんになってるんだろ』
灰皿にタバコを押しつける男性は、なぜか、口元より上は見えない。
口のシワや手の甲にあるシミから、十歳上の彼氏より更に歳が上だろう。
『そのマンションの権利、お前がもらえば、すぐに店が開ける』
三日月のような口から出た言葉、紙が焦げる臭いに、頭がぐらりとする。
『くれって言ってもらえるわけないだろう』

口を開けない私に、新しいタバコをくわえ火をつけてから、男性が答える。

『ふたりで店をやりたい、結婚しようって言うんだよ。それで、費用が足りないって権利書をもらえばいい』

くつくつと笑う声に、どっどっと自分の心臓の音が重なっているのに気づく。

『七里ちゃん、素直で純粋で、初めての彼氏に騙されるなんて欠片も思わない、馬鹿だから大丈夫だ』

私は、もう一度、固く両目を閉じた。

「……り！　……七里!!」

瞼を開くと、向かいには、彼氏の心配そうな顔があった。

辺りは、さわさわと明るいカフェの景色に戻っている。

……私、……〝まほう〟を、……彼氏に使ってしまったんだ。

「七里？　顔色、真っ白だぞ？」

多分、先ほどまで見えていた光景は、彼氏の記憶だ。

「……ごめんね、……私、……馬鹿で」

彼氏の顔がぼやけて見え、手を振り払い、席を立つ。

「……ごめんなさい、……〝まほう〟使って」

私は、ゆっくりと頭を下げたあと、床を蹴《け》った。

ぼやぼやとした視界に、色んな色がまぜこぜになってうしろに流れていく。

ファッションビルを出て、駅に着き、電車に乗る。

はあはあと大きく息をし、扉の窓に映りそうだった自分から目をそらす。

床を見ていると、電車が動き出しアナウンスが聞こえる。

いつも利用している仙石線《せんごく》ではなく、扉は閉まった。

今年、母から私に名義変更したマンションは、仙台駅からは榴ヶ岡《つつじがおか》の次の宮城野原《みやぎのはら》にある。

そのことを、彼氏に話したか覚えてはいないけれど、先ほど〝まほう〟の世界に居た男性は知っていた。

……彼氏は知っていて、あの男性に話して、私を利用する話をしていたんだろう。

現実を改めて思ったあと、なぜ、〝まほう〟を使ってしまったんだろうと思う。

……お父さんに使って、……ひどいことになったのに。

私は、十年前、実の父親に〝まほう〟を使ってしまった。

出張から帰った父に抱っこされ、私は見てしまった記憶を母に話し、さんざんもめたあと両親は離婚。

その後、父は私たちに慰謝料としてマンションを渡し、結局すぐに新しい家族を作った。

……〝まほう〟で、父が見知らぬ女性と仲よくしているのを見た、私のせいだ。
父が気持ち悪く思えて、いつも強い母親になんとかしてほしかった。
……〝まほう〟で、自分勝手な強い思いで、大好きな人たちを壊して傷つけた。
母を離婚のいざこざで疲弊《ひへい》させ、母子家庭で苦労させることになってしまった。
……〝まほう〟を、もう使わないって、約束してたのに……。
約束の相手は誰だったか。
「……すみません。清掃をしますので出て頂けますか」
思い出す前に、遠慮がちな声で現実に戻る。
電車は止まっていて乗客は私だけ、ぺこりと頭を下げて外に出た。
ホームは天井だけ丸く覆われ、左右に壁はなく日がすっかり暮れている。
細長く伸びるホームに人の姿とベンチは見当たらず、この世の果てに感じた。
……ここで待っていたら、銀河ステーションの声が聞こえてくるかな。
そう思ったけれど、ふらふらと歩き改札を出た。
お手洗いを目指し、こんなときにと思いながら構内を進む。
見当たらず、しばらく歩き、自動扉の中に入るとまぶしい景色が広がった。
高い天井にガラス張りの壁、スーツケースを持った人たち、アナウンス。
ぼんやりとした頭で、仙台国際空港にいるのが分かった。

三か月前、香川《かがわ》県に向かう母と新しい父を見送りにきた場所だ。

あの日は、ひとり帰ったマンションでたくさん泣いてしまった。

そう思い返し、気がつくと、鞄《かばん》に入れていた携帯を握っている。

震えている指で母へのリダイアルを押す寸前、床に転んだ。

ぶつかった人に謝られて、謝り返す。

母に電話をかけず、新居に押しかけ迷惑を掛けなくてよかったと思い、床から立ち上がれないでいると、

『これから先、〝まほう〟を使ってしまって、それをお母さんに言えなくて困ったとき』

古い、優しい声が耳に再生された。

『何かあれば、我慢せずに、『れんげ荘』にいつでも来ていいから』

十年前、優しい言葉と笑みをくれた人を思い出し、閉じていた両目を開く。

立ち上がり、制服の女性が立つカウンターに向かい、私は口を開く。

「……あの、……大阪に行きたいんですけど、どうしたらいいですか？」

※

「おはよう、七里ちゃん」

瞼を開くと、見知らぬイケメンに言われた。

「阿部《あべ》七里ちゃん、起きないとチューするよ」

固く瞼を閉じると、額に柔らかい感触を感じた。

……すごく、……リアルな夢だなあ。

「起きないと、今度は、ファーストキス奪っちゃうよ」

瞼を開けると同時、鼻をつままれる。

「七里ちゃん、聞いてたとおりかわいいね」

白い朝日に照らされたイケメンさんが、白い歯を見せて言った。

焦げ茶の前髪が長いヘアスタイル、二重の幅が広い黒目がちの瞳の真ん中には高い鼻、その下には左右口角が上がった薄めの唇。

浅黒い肌はつるりとして、左目尻に黒子《ほくろ》があるのに気づいた。

「そんなに見つめられると、顔に穴空いちゃうよ」

イケメンさんが両目尻に浅いシワを寄せる。自分より年上で、彼氏より年下だと思う。

「七里ちゃん、本当に、キスしちゃダメ？」

いつもはベッドでひとり寝ている。

今は、フローリングの床に敷いた布団の上、ふたりで寝て、とても近い距離にある焦げ茶色の瞳に見つめられている。

……すごくリアルで、……変な夢だなあ。

「……どうして、したいんですか」

「七里ちゃんが、かわいそうでかわいいから」

不思議な言葉を私に返し、イケメンさんは笑んで続ける。

「昨日の晩、仙台から大阪に着いて、泣き疲れて寝たの覚えてない？」

その言葉を何度か反すうし、私は上半身を起こして、たくさん泣いて起きた次の日特有の頭の痛さと喉の渇《かわ》きを感じ。

「大丈夫？」と言われ、お尻をついたまま、後ろ向きのまま両腕でずるずると布団を出ると背中が壁に当たった。

頭が真っ白で背中に冷たい汗をかいている私に、イケメンさんはもう一度「大丈夫？」と言う。

布団の上、涅槃《ねはん》のポーズでこちらを見る彼に、私は口を開いた。

「……大丈夫です。……あっ、あのっ、……イケメンさん、あなたっ、誰ですっか？」

噛《か》んでしまった私の前に、イケメンさんがずりずりとやってきてしゃがむ。

「ひどいなあ、床で寝てたの、俺が布団敷いて寝かせてあげたのに」

伸びてきた大きな手に、私は両目を閉じてしまう。

「七里ちゃん、そんな、怯《おび》えた顔しないでよ」

「……あのっ、……手を離して」

「やだよ、柔らかくて、触り心地いいもん」

頭にある手が柔らかく左右に動き、私の温度を下げていく。

「……離して、……じゃないと、私……」

「七里ちゃん、気にせずに、泣いていいよ」

震える唇で言った言葉をさえぎられ、ゆっくり、両目を開く。

目の前の顔は笑みを浮かべているけれど、何を考えているか分からず、怖い。

そう思ったとき、

「売れないエロ漫才師、彼女から手を離しや」

まっすぐに、しゃがれた低い声が聞こえてきた。

「シゲさん、〝売れない〟と〝エロ〟つけないで下さいよ」

「本当のことやろうが、ほら離れ、七里さんもう大丈夫やから目え開けなさい」

知らない声に名前を呼ばれ、閉じてしまっていた瞼を開ける。

いつの間にか、イケメンさんとの間に見知らぬ初老の男性が居た。

「売れないエロ漫才師が言うとおりやな、やけど、顔を洗ったほうがいい」

短く刈った白髪、小さく細い垂れている両目に小さな鼻の下には白いひげ、顔の中のパーツと同じように小柄な身体。

スリーピース、と目の前の男性が着るきちんとしたスーツの名称を思い返す。

「七里さん、変な男に絡まれて大変やったね、さあつかまって」

私は、力の入らない身体を立たせてもらい、洗面所へ案内してもらった。

「洗面台の下の棚にタオルと歯ブラシが入ってるから、ゆっくりしてらっしゃい」

そう言い扉を閉めてくれた初老の男性は、格好に言動が、その紳士的な言葉にぴったりだ。

イケメンさんは黒いTシャツと黒い余裕のあるパンツ姿で、肉食獣みたい。

……ふたりは歳も印象も違うけれど、ここの住人なのかな。

そう思いながら、言われたとおりタオルと歯ブラシを見つけ、洗面台の前に立つ。

薄くしていた化粧は全て取れ、両目が真っ赤で瞼がはれている。

……こんな顔を、知らない人たちに見せてたなんて。

私は、恥ずかしさを誤魔化すように顔をじゃばじゃばと洗う。

「そんなに強くこすると、お肌があれますよ」

低いけれど幼い声に顔を上げると、タオルが伸ばされた。

「おはようございます。初めまして、七里さん」

いつの間にか、私のそばに立っていた少女、その存在と風貌に驚く。

「昨晩、あなたを布団に寝かせたとき、売れないエロ漫才師と一緒に僕も居たから安心して下さい」

太いアイラインで囲まれた元から大きいだろうアーモンド形の瞳、小さな筋の通った鼻の下には赤く綺麗に塗られたぽってりとした唇。各パーツが行儀よく並ぶ白い小さな顔を、胸下まである真っ黒でまっすぐな髪の毛が包んでいる。

少し下からの視線、一五二センチの私より五センチは低く、体重はとても軽そうだ。

幼い顔に濃いお化粧をしている少女は、華奢《きゃしゃ》な身体を西洋童話のお姫様のようなふりふりした服で包んでいて、その姿は美しいけれど顔に表情がない。

まるで、お人形さんが立ってしゃべっているように見える。

「それに、潤さんも居ました」

ゴスロリという単語を思い出すと、少女が言い、私は固まった。

「潤さん、夜中に僕みたいな中学一年生を起こして、ひどいと思いませんか」

「……ごめんなさい」

お手数ですが
切手をおはり
ください。

郵便はがき

104-0031

東京都中央区京橋1-3-1
八重洲口大栄ビル7階

スターツ出版(株)　書籍編集部
愛読者アンケート係

(フリガナ)
氏　名

住　所　〒

TEL　　携帯／PHS

E-Mailアドレス

年齢　　性別

職業
1. 学生(小・中・高・大学(院)・専門学校)　2. 会社員・公務員
3. 会社・団体役員　4.パート・アルバイト　5. 自営業
6. 自由業（　　）7. 主婦　8. 無職
9. その他（　　）

今後、小社から新刊等の各種ご案内やアンケートのお願いをお送りしてもよろしいですか？
1. はい　2. いいえ　3. すでに届いている

※お手数ですが裏面もご記入ください。

お客様の情報を統計調査データとして使用するために利用させていただきます。
また頂いた個人情報に弊社からのお知らせをお送りさせて頂く場合があります。
個人情報保護管理責任者：スターツ出版株式会社 販売部 部長
連絡先：TEL 03-6202-0311

愛読者カード

お買い上げいただき、ありがとうございました！
今後の編集の参考にさせていただきますので、
下記の設問にお答えいただければ幸いです。よろしくお願いいたします。

本書のタイトル（　　　　　　　　　　　　　　　　　　　　　　　　　　）

ご購入の理由は？　1. 内容に興味がある　2. タイトルにひかれた　3. カバー(装丁)が好き　4. 帯(表紙に巻いてある言葉)にひかれた　5. 本の巻末広告を見て　6. 小説サイト「野いちご」「Berry's Cafe」を見て　7. 知人からの口コミ　8. 雑誌・紹介記事をみて　9. 本でしか読めない番外編や追加エピソードがある　10. 著者のファンだから　11. あらすじを見て　12. その他

本書を読んだ感想は？　1. とても満足　2. 満足　3. ふつう　4. 不満

本書の作品を小説サイト「野いちご」「Berry's Cafe」で読んだことがありますか？
1.「野いちご」で読んだ　2.「Berry's Cafe」で読んだ　3. 読んだことがない　4.「野いちご」「Berry's Cafe」を知らない

上の質問で、1または2と答えた人に質問です。「野いちご」「Berry's Cafe」で読んだことのある作品を、本でもご購入された理由は？　1. また読み返したいから　2.いつでも読めるように手元においておきたいから　3. カバー(装丁)が良かったから　4. 著者のファンだから　5. その他（　　　　　　　　　　　　　　　　　　　　）

1カ月に何冊くらい小説を本で買いますか？　1. 1～2冊買う　2. 3冊以上買う　3. 不定期で時々買う　4. 昔はよく買っていたが今はめったに買わない　5. 今回はじめて買った

本を選ぶときに参考にするものは？　1. 友達からの口コミ　2. 書店で見て　3. ホームページ　4. 雑誌　5. テレビ　6. その他（　　　　　　　　　　　　　　　　　）

スマホ、ケータイは持ってますか？
1. スマホを持っている　2. ガラケーを持っている　3. 持っていない

ご意見・ご感想をお聞かせください。

文庫化希望の作品があったら教えて下さい。

生活の中で、興味関心のあること、悩みごとなどあれば、教えてください。

いただいたご意見を本の帯または新聞・雑誌・インターネット等の広告に使用させていただいてもよろしいですか？　1. よい　2. 匿名ならOK　3. 不可

ご協力、ありがとうございました！

「七里さん、僕は今、あなたの叔父である潤さんを責めてるんです」

「……だって、私が、……突然、ここに来たから」

『約束破って、困って、こんなところまで来たのか？』

そう昨晩の叔父の声と表情を思い出しながら、私は深く頭を下げる。

「ふむ、七里さんもここに来るぐらいだから、なかなか重症なんですね。まあ、今はそんな顔になるぐらい、ですもんね」

首をもたげると、ひどい顔をした私とは正反対の少女がうんうんと頷いていて、

「……ちょっと！　あんたが潤兄の姪⁉」

勢いよく開いた扉とともに、大きな声が聞こえた。

「何よっ！　聞いてたのと違う！」

突然現れ、私の目の前に立った美人さんが言った。

すっと切れ上がった大きな猫目に高い綺麗な鼻、下唇が厚く何も塗っていないだろうに桜色《さくら》で濡《ぬ》れている唇、綺麗な卵形の顔の大きさは身長が二十センチは低い少女と同じくらい。

額を出し腰までの綺麗な栗色の髪の毛をまとう、すっぴんで美しいお顔とともに、

彼女のスタイルのよさに驚く。

ショートパンツから白く細い足がまっすぐ伸び、キャミソールの上にロングカーディガンを羽織っているけれど、ほっそりとした二の腕に折れそうな腰の線が分かる。

女の子の理想のまま、着せ替え人形のような外見をしたものすごい美人さんは、

「姪！　一刻も早く、こっから出ていきなさいよ!!」

そう、見とれてしまっていた私に叫んだ。

「亜美《あみ》さん、勝手にそんなこと言ってると、潤さんに怒られますよ」

「残念でした！　潤兄、姪は、朝には出ていくって言ってた！」

少女と美人さんの会話に、胸がぎゅっと痛くなる。

「……はい、……私は、すぐに出ていきますから」

「それは、無理だよ」

勝手に下がっていた顔を上げると、イケメンさんが目の前に居た。

「ちょっと！　売れないエロ漫才師！　勝手なこと言わないでよ！」

美人さんとの間に立ち、私にふにゃりと笑んだ顔を見せて、イケメンさんが背中を向ける。

「亜美ちゃん、勝手なことを言ってるのはそっち」

「そうそう、亜美さん、潤さんに嫌われてもいいんですか」

イケメンさんと少女に言われた美人さんが、私に鋭い視線を向けたとき、

「お前ら、何してんだ」

昨日、十年ぶりに聞いた、潤おじさんの低い声が聞こえてきた。

「……潤兄っ！　みんながいじめるうっ！」

美人さんが潤おじさんのの片腕に抱きつき、私は、とても驚く。

「お前ら、朝飯冷めるから、さっさと食堂に来い」

潤おじさんがこちらに向くと同時、私は床に視線を落とす。

「潤さん、俺と七里ちゃんは外で食べてくるわ。潤さんの代わりにちゃんと説明しといたるから、お昼頃に望月さんのところに来てや」

関西なまりでイケメンさんが言うと、かわいらしい声を上げる美人さんに連れられ、潤おじさんは無言で出ていった。

「七里さん、ちゃぶ台の上に、僕のだけど化粧品を置いてるから使って下さいね」

首をもたげると、少しだけ口の左右を上げた少女が出ていく。

「七里ちゃん、外で待ってるからゆっくり身支度してね、今日あったかいからタイツははかなくて大丈夫だよ」

少女に声をかけそびれた私に、標準語に戻ったイケメンさんが笑顔で続ける。

「手伝ってあげたいけど潤さんにぶっ殺されそうだから。自分は、冷たいくせにね」

※

洗面所から部屋に戻ると、畳《たた》まれた布団のそばに丸いちゃぶ台があった。

ちゃぶ台の上には、基礎化粧品からファンデーションとアイブロウまで、ラインでそろえられた化粧品と鏡がきちんと並ぶ。

布団の上にはビニールに入った服が置かれていた。

「すみません」と小さく呟《つぶや》き、昨夜あれだけ流した涙がまた出そうになる。

……潤おじさんだけでなく、……ここに住む人たちにも迷惑を掛けている。

情けないと思ったとき、外から小さなノックと「大丈夫？」という声が聞こえた。

私は、大きく息を吸い、「大丈夫です」と扉の向こうのイケメンさんに答えたあと。

ぱちんと両手で顔を叩き、服を着替え、化粧品で顔をましな状態にした。

「……すみません、……お待たせしました」

外に出ると、イケメンさんに上から下まで眺められる。

「両目のはれ治ったね、そのワンピース似合ってるよ」

ありがたいことにアイクリームまであり、マッサージをしたかいがあった。

「……あの、……本当ですか？」

着替えさせてもらったへちま長袖のシャツワンピースは、綺麗な朱色で胸元がVネックのカシュクール風デザイン、スカートはふくらはぎ丈でとても大人っぽい。

「大丈夫、色は派手だけどデザインが落ち着いてるし、大阪では地味なくらいだよ」

そう言って、ワンピースに羽織っている私のトレンチコートの袖を、「このほうがいいよ」とイケメンさんがまくり上げてくれる。

「……あの、……このお洋服、とても高いんじゃ」

袖を通し、なんとなくいい生地だと感じた私に、イケメンさんはにっと笑う。

「大丈夫、貢ぎ物のひとつらしいから。今から少し歩くけど、大丈夫？」

「……大丈夫ですけど、……あの、……お名前、教えてもらっても……」

イケメンさんは、私に白地に黒い文字のシンプルな名刺をくれた。

【月城《つきしろ》孝宏《たかひろ》　Tukishiro　Takahiro
お笑い芸人はじめ、お仕事なんでもします。
Tel　080-××××-××××】

「名字と名前どっちでも呼び捨てでいいし、敬語もいいから。さっき潤さんにまとわりついてた亜美ちゃん、七里ちゃんと同い年だけど、初対面のときから呼び捨てで敬語なんか使ってくれなかったよ」

美人さんの年齢に驚いたあと、「月城君でいい？」と聞いたら「おっけ、行こうか」と返してくれたイケメンさん、月城君は歩き始めた。

薄曇りの空の下、私は辺りを見ながら少しうしろをついていく。

建物の左隣は隙間がなく、右隣は車は通れないだろう道を挟み庭のない二階建てのお家、三階建てのアパート『れんげ荘』は十年前と違って見えた。

外壁に欠けはなくベージュ一色、階段と廊下はむき出しだけれど錆《さび》のない鈍いシルバーの柵つきで、階に三つ並ぶ扉は綺麗なダークネイビーだ。

昨晩、潤おじさんと話をした場所はシャッターが閉まり、濃い焦げ茶色の木が等間隔にはめ込まれた外観は、美容室と言われてもおかしくない。

れんげ荘は、密集している辺りの建物と比べるととても綺麗だ。

記憶と印象が違う姿を見つめていると、くつくつと笑い声が聞こえてきた。

「そんなに両目と首動かしてたら、目がまわっちゃうよ」

「……すみません、……昔と、建物の様子がだいぶ違うから」

私は歩みを止めていて、隣に並ぶ月城君が「敬語いいのに」と言ったあと続ける。

「俺が入ったのは六年前なんだけど、十年前って、そうとうひどかったらしいね」

「……はい。……一週間しか、いなかったんですけど」

『築年数が俺の歳の二倍』、十年前、二十八歳の潤おじさんが笑顔で教えてくれた。

「八年前、大規模な補修工事したらしいね、でも、その前から中は綺麗にしてたって
シゲさんが言ってた」

月城君が言うとおり、当時の外観はお化け屋敷みたいだったけれど、中は古さは否
めないものの掃除が行き届いていた。

『ふたりで掃除を頑張ってる』、そう言って、叔父が両目を細くしたのを覚えている。

「……月城君、……潤おじさんの奥さん、お元気かな」

両目を大きくしたあと、すぐ細くした月城君が答えてくれた。

「七里ちゃん、れんげさんのこと知らないの？」

「……おじさんたち結婚式をしてないし、会ったことないの。……十年前、ここでお
世話になったとき、れんげさんが気を利かせてくれて居なかったから」

「そうだったんだ、気を利かせるって？」

「……他人の自分が居たら、……大切な話が出来ないでしょうって」

「十年前、遊びで大阪に来たんじゃないの？」

私は首を左右に振り、重く感じる口を開く。

「……お母さんと私、仙台に居られなくなって、……大阪に逃げてきてたの」

……十年前と同じように、今も。

そう言葉を続けられなかった私に、笑みを消した月城君が「七里ちゃん」と言い。

「朝食はごはんとパンどっち？」

私は、質問を頭の中で反すうしてから、「パンです」と小さく答える。

月城君は笑みを見せ、グレーのロングカーディガンを羽織った背中を向けて歩き出す。

私は、息を大きく吐いたあとついていく。

……十年前、……ここに逃げてきた理由を聞かれるかと思った。

〝まほう〟のことを話さずに、上手く説明出来る自信はない。

「七里ちゃん、お参りしていこうか」

明るい月城君の声で、れんげ荘のまわりより更に狭い路地に居るのに気づく。

ふたり並んだらいっぱいの道の左右、見るからに古く低いビルやアパートが並ぶ。

建物の壁にはひびが入ってつたが絡まり、春先の若い緑の葉や枝が伸びるトタンの塀が続き、生まれ育った仙台のマンションの辺りにはなかった景色を進む。

「七里ちゃん、ここだよ。はい、お賽銭《さいせん》」

止まった月城君が、私に硬貨を渡してくれる。

目の前には、長い時を過ごしたと分かる高く太い一本の木の下に、小さな神社。

背の低い赤い鳥居をくぐると、数歩で向拝所《こうはいじょ》に着く。

月城君は賽銭箱に小銭を入れて、二度頭を下げ、両手を合わせたあと、もう一度頭を下げる。

「七里ちゃんも」と言われ同じ動きをした。

「よし、これで、中崎町の神様にあいさつ終わったよ」

頭を上げると、笑顔の月城君に言われた。

「ここはね、白蛇の神様を祭ってる神社で、この辺りをずっと守ってくれてるんだよ。お陰で、ここら辺りは戦争のときに全然焼けなかったんだって」

神社をあとにし説明を聞きながら並んで歩くと、急に視界が開けた。

「ああいう建物、見たことある？」

今までの道に比べればとても広く感じる、車二台通れる道の向こう。

月城君が指をさしている建物に、私は「見たことないです」と答える。

「ああいう風に家が何軒も繋がってる建物を、長屋って言うんだよ」

瓦がのった二階建ての民家が隙間なく並び、玄関の戸が等間隔で見られる。

長屋という一軒家やマンションとは違う建物を、見たことがあるのを思い出す。

「……確か、時代劇で出てきますよね」

「そうそう、さっき言ったとおりここらは戦争の被害はなくて、どれかまでは分からないけど築百年近い建物もあるみたい」

月城君と並び、私には珍しい光景に思える長屋沿いを歩いていく。

繋がり並ぶ二階建ての家の扉は引き戸か洋風のどちらかだけれど、玄関先は様々だ。鉢植えがいくつも置かれ、小さな庭のようになっているところ。赤や黄色、色あせたビニールの軒先の下、自転車やバイクが停められている。

「七里ちゃん、そんなにこの辺りの景色珍しい？」

きょろきょろしていたのを恥ずかしく思い、素直な感想を言う。

「……住んでるところと景色が全然違って、……外国に、来たみたいです」

「そっか、仙台と大阪は全然違うもんね。気候だって随分違うんじゃない？」

「……はい、……正直、このワンピースで、タイツなしは寒いと思ったんですけど」

昨日は、トレンチコートの下、厚めのニットワンピースとタイツを着ていた。

その格好で仙台では肌寒さを感じていた。今はシャツワンピースでちょうどいい。

「大阪は今週に入ってから四月中旬並みの気温で、今週末には桜が開花するらしいよ」

今日は木曜日で、明日は三月最後の金曜日と頭の中で確認し、言葉がもれる。

「……三月なのに、すごい。……仙台は、四月の終わり頃ってニュースで言ってました」

私が生まれ育った仙台で三月に桜が咲くことはまずない。

「来週末には満開だろうから、みんなで大阪城にお花見しに……」

「おい、売れへん漫才師が、いっちょ前に朝帰りかいな」

聞こえてきた、先ほどの紳士さんよりしゃがれた声に月城君は口を閉じる。

「かわいらしいおねえちゃん、こんなロクデナシやめとき」

そう言って、とても目を引く初老男性が私の目の前に立つ。

「ちょっと顔がええからって、この辺のおねえちゃんとお姉さま方から、おひねりもらいまくってねんで」

「柴田《しばた》さん、俺、めっちゃ悪人みたいやんか」

「悪人やろ、おねえちゃんの前では関西弁使わんと、ええ格好しいが」

紫色のジャージ着た男性が、固まっている私の片手を両手で握って続ける。

「おねえちゃん、兵庫《ひょうご》の実家から逃げてきた、チャラい茶髪のガリボンなんかやめ。苦労させられて綺麗な手があれへんうちに別れて、おっちゃんと付き合おうや」

ごま塩の短髪頭で背は私と同じくらい、細身の男性に返せないでいると聞こえた。

「柴田さん、その子は潤さんの姪っ子やで、セクハラしたことチクっとくな」

顔を向けると、月城君は笑みを浮かべていたけれど、……怖さを感じた。

左右の口の端は上がり両目は垂れているけれど、瞳が笑っていないからだ。

「後生やでえっ！　言わんとって！」

それに気づいた様子の男性は、慌てて私から手を離す。

「これから、この辺りでこの子見かけても、二度とセクハラせんといてや」

そう言ってから、月城君は私の手を握りすたすたと歩き出した。

「大丈夫？　柴田さん悪い人じゃないんだけど、かわいい女の子に目がなくてさ」

歩みを止めずにこりと笑う月城君に、「大丈夫です」と小さく返す。

……うう、……まだ、微妙に怖い。

そう思うけれど手を振り払えない私に、月城君が前を向いて続ける。

「これから、外を出歩くときは気をつけて。仙台と違って関西《かんさい》の男って強引なの多いと思うから、声掛けられても無視して。ついていったらダメだよ」

先ほども、初老の男性に、『これから』と言っていたなと思い。


『残念でした！　潤兄、姪は、朝には出ていくって言ってた！』


すごい美人さん、亜美さんの言葉を思い返す。

……潤おじさんは、……私に、出ていって欲しいと思ってるんだろうな。

「………大丈夫ですよ、……私、今日出て……」

「七里ちゃん、もう少し歩けるかな、梅田ダンジョンで朝ごはん食べよう」

なぜか、私はさえぎられた言葉の続きを言わず、月城君に連れられていく。

辺りの景色はビルが並ぶ現代のものに変わっていき、通勤中の足早に歩く人たちとすれ違い、高架を超えると景色が一変した。

「ＪＲ線の高架を超えると中崎町から鶴野町《つるのちょう》で、新御堂筋の大きい道の向こうが茶屋町《ちゃやまち》ね」

高層ビルがどんっと目の前に現れて、それを過ぎると、高速道路が上を通り、車がたくさん走る広い道が現れた。

横断歩道を渡ると真新しいビルが並び、美容院にエステ、専門学校の看板が見える。

「さっきの高架がＪＲ線で、向こうに見えるのが阪急《はんきゅう》電鉄っていう大阪の私鉄だよ。阪急の向こうにＪＲ大阪駅、その下には地下鉄と梅田ダンジョンがあるから、どんどん人が多くなっていくよ」

ビル群の先に見える高架を指さし、月城君は説明してくれる。

言うとおり、高架を超えてから歩く人たち、特に若者がとても増えた気がする。

「みんな、朝からお仕事や学校偉いよね、七里ちゃんは学生？　今日は、学校休み？」

言葉に歩みを止めると、背中へ何かがぶつかってきた。

「ちょっと、危ないやろ！　急に立ち止まらんでよ！」

女性の怒声に慌てて振り返ると、

「ごめんなさい、お怪我《けが》、なかったですか？」

月城君が、私より先に声を掛ける。

化粧をきっちりとした女性は、一瞬にして表情を変え、「大丈夫です」と少し赤い顔で小さく言い。

「何かあったら」と月城君は名刺を渡し、女性に手を振って見送った。

「七里ちゃん、学校か職場に、連絡しないといけないんじゃないの?」

呆気《あっけ》にとられていた私は、その言葉に、「電話してきます」と道の端へと急ぐ。

携帯の電源を入れると着信とメール受信の通知があったけれど、確認せず電話をかけた。

「……もしもし、朝の忙しい時間にすみません、支配人いらっしゃいますか?」

私は、ホテルの支配人に、今週末からのバイトの再開を待ってくれと謝る。

理由を聞かれ、大阪の叔父のところに居ますと返し、言葉に詰まっていると「分かった、いいよ」となぜか言ってくれた。

ほっとしたのも束の間、支配人から彼氏が無断で休んでいること、今月で辞めることについての愚痴《ぐち》を聞かされてしまう。

彼氏と私は、ホテルの人たちには関係を言っていない。

彼氏の話題が終わり、もう一度謝って電話を切る。

大きく息を吐いてから、私は待ってもらっていた月城君の元へ急ぐ。

「……すみません。……バイト先に連絡入れるの忘れてたんで、助かりました」

ぺこりと頭を下げると、「職場だけ？」と聞こえ、首をもたげると笑顔が見えた。

「七里ちゃん、昨日の夜からずっと連絡くれてる彼氏に、連絡しないで大丈夫なの？」

瞳は笑っていたけれど、怖いと思う顔に、私は口を開くことが出来なかった。

※

「七里ちゃん、ここが、梅田ダンジョン東の終着点、泉の広場だよ。

ここでおさらい。中崎町のれんげ荘を出てＪＲの高架と新御堂筋の大きな道を越えて、阪急梅田駅に向かって進んで、途中にある世界で十三番目のグローバル旗艦店から地下に降りるとホワイティうめだ、梅田ダンジョンの始まりね。そこからまーっすぐホワイティうめだの地下街を歩いて、地下鉄東梅田《ひがしうめだ》駅との間にある大きな通りを左に曲がった道の、終着点になります、……って、聞いてないやろ！」

手の甲で肩を軽くたたかれ、私は、地上から一変した地下の景色に気づく。

「……あのっ、……ここは」

「七里ちゃん、そんなんだと、ここから近くの兎我野町《とがのちょう》に連れ込まれちゃうよ？」

月城君によると、兎我野町とはなんでも大人のエリアらしい。

「すみません」と言い、笑顔の月城君から顔を背け、私は辺りの様子を見る。

天井が低い地下街、辺りの店舗はシャッターを閉めていて、その前を通勤の人たちが行きかう。

目の前、堂々とそびえる、立派な丸い噴水など誰も気にしていないようだ。

凝った石像がくっついた噴水は、幻想的な光と壁紙の下にあり神聖なモノに見える。

「立派な噴水があるここ泉の広場はね、大阪で一番有名な、心霊スポットだよ」

月城君に向くと、笑みを消した顔で言われる。

「赤いドレスを着たかわいい女の子、そこに居るの見えない？」

指さす先には何も見えず、ほっとする前に、耳元でぼそりと月城君が言った。

「今、俺の隣に居る」

叫びそうになり、慌てて口を片手でふさぐと、少しして「ごめんね」と聞こえた。

「赤いドレスを着たかわいい女の子、……って、君のことや！」

また月城君に手の甲で肩を叩かれ、首を傾《かし》げる。

「七里ちゃん、なかなかのボケ殺しだねえ」

私の口から取った手を握り、月城君が「こっち」と、噴水の左に伸びる道を進む。

道の左右に並ぶシャッターを閉めたお店の中、ひとつだけ開いていた、コーヒーの

いい匂いが漂ってくる喫茶店に月城君は私を連れて入る。

「ごめんね、俺、仕事柄おっさんばっかりと絡んでるから、朝ごはんが食べられるカフェとか知らないんだ」

盛況な店内で一番奥の席に案内され、月城君は奥側に私を座らせる。

「ここチェーン店だから、仙台にもある？」

渡されたメニューの中の、分厚い二段重ねのパンケーキに見覚えがあった。

「……多分、……一年前くらいに、パンケーキが流行っていたときに、幼なじみに連れていってもらって」

「じゃあコロッケサンド食べた？」

「いいえ」と言うと、「じゃあ食べてみなよ」と言われ頷く。

店員さんを呼び、注文したあとに「お願いします」と白い歯を見せる月城君を、店内の女子たちがちらちらと見ている。

先ほどぶつかってしまった女性の様子といい、彼はモテるのだろうなと思う。

「ここのコロッケサンドおいしいんだよ。彼氏に、連絡しなくて大丈夫なの？」

いきなりの文脈に、私は口をつけたお冷やを噴きそうになる。

「七里ちゃん、彼氏ってどんな人？　俺の予想言っていい？　まずはね、年上で、十歳は離れてるかなあ」

月城君の正解に、ひゅっと背中が冷たくなる。

「性格は、真面目で、無口で、真面目すぎる苦労人。ね、当たってる？」

「……あのっ、……月城君て……」

「月城って、芸名じゃなくて本名だよ、大阪の南のほうの珍名なんだって」

「……そうなんですか、……あの……」

「歳は、七里ちゃんの四つ上の二十四歳だよ、見た目は年相応だと思うけど」

「……はい、イケメンさんです」

ことごとく私の言葉をさえぎり、質問をさせてくれなかった月城君が、噴き出す。

「……ははっ、仙台の若い女の子ってみんなそんな風なの？」

「……そんな風」

「かわいくて、天然で」

じいっと見つめてくる焦げ茶色の瞳に、捕らわれて、視線をそらすことが出来ない。

「素直で、純粋で、簡単に騙されそう」

『七里ちゃん、素直で純粋で、初めての彼氏に騙されるなんて欠片も思わない、馬鹿だから大丈夫だ』

月城君の声に、昨日、〝まほう〟の世界で聞いた声が重なって聞こえ。

がつんっと、後頭部が痛くなる。

「……七里ちゃん？　大丈夫？」

閉じてしまった両目を、ゆっくりと開く。

向かいには、心配そうな顔をした月城君が座り、その向こうには大阪地下街にあるチェーン喫茶店の景色が見える。

私はほっと息を吐いてから、気づく。

「あっ、ごめんね、俺スキンシップ過多でよく怒られるんだ」

月城君は、テーブルに置いていた私の片手から、重ねていた手を離す。

「……あの、……月城君は、私の親戚なの？」

月城君に握られていた手を、かいた冷たい汗ごと握って聞く。

「なんで、そんなこと聞くの？」

笑みを消した月城君に返され、私は答えられず、テーブルの上お冷やが作った水たまりを見つめる。

「残念ながら、俺と七里ちゃんは血が繋がってないよ」

月城君の答えに「なのにどうして」と思い、もうひとり、手を繋いだ人物を思い出す。

「……じゃあ、さっきの、……紫色のおじいさんは私の親戚なの？」

ぶはっと音がして、首をもたげる。

「あははは、……それっ、潤さんにも言ってみてよ」

「……柴田さんでしたよね、聞いてみます」

そう言った途端、ぎゅっと鼻をつままれる。

「聞かないでいいよ、教えてあげる」

私から手を離し、月城君は笑顔で言った。

「大阪に、七里ちゃんと繋がりがある人間はいないよ」

また、瞳は笑っていない笑顔だ。

……私、知ってる、……その顔をするとき、どんな感情を抱えているか。

そう思ったとき、注文した飲み物がテーブルに置かれ、月城君は取っ手がついた鈍《にび》色《いろ》のカップを手にする。

「んー、やっぱここのアイスコーヒーうまい、七里ちゃんのもおいしいよ」

ストローから口を離して、破顔した月城君に驚く。

「……月城君て、顔は笑っていても、目が笑ってないときがある……少し怖いね」

「そ？　そんな警戒した顔しなくても。でも七里ちゃん、それぐらい、こっちで出会う人間には警戒してたほうがいいわ。あと、敬語やめてくれたの、仲よくなれたみたいで嬉しい」

思ったままのことをもらした私は、開いた口にストローを差し込まれる。

月城君がおすすめしてくれたロイヤルミルクティーは、甘く、冷たくて、濃厚だ。渇いていた喉に、とてもおいしく染み込んでいく。

「嬉しいな、れんげ荘でも仕事場でも、怖がられることなんてないから」

そう言ってにこにこ笑う月城君の顔は、本当にそう思っているように見えた。

「俺さ、一年前に漫才師の学校を卒業した、事務所の付き人業となんでも屋のほうが忙しい売れない芸人だから。一番下っ端で……あっ、来た！」

月城君が線のように細くした両目の先、テーブルに置かれた白いお皿の上には、厚いコロッケのサンドウィッチがふたきれ。

「七里ちゃん、食べよう。いただきます」

月城君は手にしたひとつをむしゃりと大きな口でかじったあと、アイスコーヒーを飲み、とても満足そうな笑みを浮かべる。

その顔を見てると、私の両手が勝手にサンドウィッチを持っていた。ずしりと重みを感じ、「いただきます」と口を開ける。

「そんなちっちゃい口だと、おいしくないよ」

指をなめる月城君に言われ、両目を閉じ、なるべく大きく開いた口でかじった。さくっさくと音を感じながら咀嚼《そしゃく》し、ごっくんと飲み込む。

ストローをくわえ、ずっと吸い、口を開く。

「めっちゃ、おいしいやろ?」

笑顔の月城君に言われ、こくこくと首を縦に振る。

さくさくに揚げられたコロッケには甘めのソースがたっぷり塗られ、千切りのキャベツも挟まれているので脂っこさは感じない。

トーストされマスタードが塗られた薄い食パンとコロッケの衣のサクサク感。

甘くて優しいじゃがいものなめらか感。

そのふたつを噛みしめるたびに感じる。甘いソースにぴりっと刺激がある味がとても合っていて、大きなサンドウィッチはいつの間にか両手からなくなった。

「大阪の食パンは薄切りじゃないけど、ここのコロッケサンドのは許す」

そう言ったあと、月城君はふたつ目を大きな口でかじって、もぐもぐと頬を動かしコーヒーをすする。

楽しそうに食べる月城君を見ていると、先ほどの彼とは別人に見える。

『大阪に、七里ちゃんと繋がりがある人間はいないよ』

そう意地悪なことを言い、顔は笑っていても目が笑っていない表情を浮かべていた人と同一人物とは思えない。

その表情を怖いと思うのは、怒りを隠すための笑みだと知っているからだ。

……最後に会った、……お父さんが、私に教えてくれた。

十年前、父が出ていった日のことだ。

大きな荷物を運び出したあと、手荷物を持って出ようとした父に、『お父さん』と私は玄関で声をかけた。

呼び止めたのに、何も言えずうつむいた私の頭をなで、お父さんは言った。


『七里は、結婚が出来ないかもしれないな』

そう、現実の穏やかな声で。

『どうして、もっと、俺の味方をしてくれなかった』


そう、〝まほう〟で聞こえた怒りの言葉を重ねて。

顔を上げると、父は口の両端を上げていたけれど、ぞくりとする冷たい両目で私を見ていた。

私は冷たい汗をかいた両手を固く握り、口を開けないまま、背中を向けて出ていく父を見ていた。

「七里ちゃん、早く食べないと俺が食べちゃうよ」

十年前の記憶から戻ると、口の端を月城君の長い指で拭われた。

「なめてあげてもよかったんだけど、ぶっ殺されそうだから」

そう言って、赤い舌でその指をなめる。

その様子は、猫っぽいけれどももっと大きなネコ科の、やっぱり肉食獣に見えた。

私は、何かお腹いっぱいになってしまい、もうひとつを月城君に食べてもらった。

「ここは俺のオゴリ、……ってゆうか、これから身体で返してもらうから」

お勘定をしてくれた月城君に、割り勘を申し出ると言われ、また手を繋がれる。

お腹がいっぱいになったからか、機嫌がよさそうな彼は鼻歌まじりで進む。

噴水を過ぎ、開店準備をするお店が左右に並ぶ道を進み、左に東梅田駅の看板が見える十字になった道に出た。

「これから、すごく人が多い道歩くから、気をつけてね」

言われたとおり、大阪に来て一番人が多い。

まだまだ通勤通学の時間、まっすぐ前を向いて歩く人間《ひと》たちの速度が速い。

ベレー帽をかぶりランドセルを背負った小学生、髪の毛が真っ白で小さい老人まで、みんな歩くのがとても速いのに驚く。

「この道はね、阪急百貨店、阪神百貨店、大丸《だいまる》梅田店に買い物をしに行く人。さっき見えた東梅田、西梅田、梅田の地下鉄三駅に向かう人。JR大阪駅、阪急梅田駅に向かう人が集まってるんだよ。さっき行った喫茶店があるホワイティうめだや、噴水があった泉の広場から上がってすぐの東通り商店街からの人もね」

月城君は滑らかに話しながら、私の手を引いてすいすい人の波を進む。

坂になっていた道が終わると、更に人が溢れている場所に出た。

「あっちが阪急百貨店、そっちが地下鉄御堂筋線の梅田駅の乗り場で、こっちが阪神百貨店と阪神電車の乗り場。ここら辺、午前中はまだマシで、夕方の人の多さは梅田ダンジョンで一番かもね」

説明に驚きながら、月城君と阪神百貨店を過ぎて、口を開く。

「……あのっ、……ここの地下って、梅田ダンジョンって言うの？」

「その名前はネットでつけられたあだ名で、あんまりいい意味じゃないかもね」

真ん中は柱、左はぽつぽつと飲食店で右には看板の、人が少なくなった通りを進む。

「……どうして？」

「泉の広場に着くまでぼんやりしてたし、ダンジョンの意味、分かんないか」

私は口を閉じ、考えながら進むとすれ違う人は減っていき、月城君は天井が高い洋風の通りへと曲がる。

「ここからはディアモールっていう通り、何か気づいたかな」

オレンジ色の照明に照らされた、ベージュの壁と石畳の床の通り。

左右にあるお店の雰囲気といい、これまでの地下街の道で一番落ち着ていて、

「……坂を、下ってる」

そう気づいたことを言うと、「確かに、さっきは上がってたからね」と返された。

「七里ちゃん、梅田ダンジョンて甲子園球場約四個ぶん、東京ドーム約三個ぶんの大きさなんだよ。正式名称は梅田地下街、梅田ダンジョンの由来は一度足を踏み入れると帰ってこれない広くて大きな地下って揶揄《やゆ》から。俺も、こっち来たてのときはよく迷ったよ」

「……どうして？　……看板があるのに？」

「残念ながら、この地下街の看板は、途中までしか教えてくれないことが多々なんだ」

私が首を傾げると、笑顔の月城君も同じ動きをし、真ん中に銅像がある丸い場所に着いた。

「あっちが阪神百貨店と阪神電車乗り場に戻る道、そっちが大阪第一ホテルへの道、それで、こっちが今から向かう北新地への道だよ」

天井が高いからか、目の前に延びる三つの道を説明してくれる声が反響している。

「七里ちゃん、東京の銀座《ぎんざ》って知ってる？」

先ほどまでと比べ、とても人が少なくなった道を、月城君はゆっくり歩き始める。

「……お酒を飲む街、だよね」

テレビで見たりネットで読んだ情報を答えると、月城君は「正解」と言って続ける。

「西の銀座は北新地《きたしんち》で、飲食店が三千店くらいあるらしいよ。近いこの通りも、なんとなく高級感あるよね」

月城君の言うとおりだなと思い、れんげ荘を出てから思っていたことを聞く。

「……あのっ、……漫才師になれば、そんな風にしゃべれるの？」

「そんな風って？」

「……月城君、観光ガイドさんみたい」

「漫才師っていうか、俺、なんでも屋だから、おっしゃるとおり観光ガイドもするんだよ」

そう言ってにっこりと笑う顔に、はあっと大きく息を吐く。

「……すごいね、出来ることいっぱいで、うらやましい」

「イケメンだしね」と言われ、「そうだね」と返すと月城君が止まる。

「自分で言うんかい！　って言いながら、こう」

ぽすんと手の甲で肩を叩かれ、三回目だと思う。

「こういうやりとりが漫才、七里ちゃん、お笑い番組とか見ないの？」

歩き始めた月城君についていき、「あんまり」と答える。

関西弁と、関西弁でなくても大きな声が怖くて苦手だからとは漫才師さん本人には言えず、気づいていたことを聞く。

「……月城君、……私と話すときは、関西弁じゃないよね」

「七里ちゃん、怖いかなと思って」

隣を見上げると、優しい笑みがあった。

「仙台のお客様を観光案内したとき、大阪は言葉が怖いって言ってたから」

「……あのっ、……気を使わせて、ごめ……」

「七里ちゃん、これから必要以上に謝るの禁止ね。俺、そういう、なんでもすぐ謝っちゃうっていうの大嫌い」

そう言って月城君は私から手を離し、ふたりで無言のまましばらく歩いたあと地上へと上がった。

「北新地から地下への入り口、ステーキ屋さんのそばって覚えておくといいよ。この辺のビルはぎっしり飲食店が入ってて、今歩いてる通りが北新地の本通り」

聞こえてくる案内に「はい」だけ返し、月城君のうしろを地面を見て続く。

「で、御堂筋の逆側で、本通りの一番端っこのビルの二階、ここがゴールだよ。七里ちゃん、さっきはごめんね」

月城君が止まり、ゆっくり顔を上げると笑顔はなかった。

「思い出しちゃってさ、……れんげさん、最後、謝ってばかりだったから」

月城君は、見ていると喉の奥が痛くなる顔で続けた。

「七里ちゃん、一年前、れんげさんは……あっ、望月《もちづき》さん」

月城君の視線の先、振り返ると、のしのしと近づいてくる大きな姿に驚く。

「望月さん、おはようございます。この子が、潤さんの姪っ子の七里ちゃん。七里ちゃん、さっき会った俺入れて四人と望月さん、以上五人がれんげ荘の住人だから」

月城君の説明のあと、ぬっと、肉厚で大きな手を差し出す望月さん。

スキンヘッドに真っ黒なサングラス、眉はないのに口ひげがあり、見上げていると首が痛くなりそうなくらい、今まで出会った誰よりも身長が高く厚い身体だ。

黒いTシャツに黒いパンツのはしを黒のブーツの中に入れた、上下真っ黒の姿はとても頑丈な壁のようで、月城君と格好は同じだけど厚みが三倍はありそう。

「七里ちゃん、望月さんが、れんげ荘の六人目としてようこそって」

向かいの口が小さく動いて、聞き取れなかった言葉を月城君が教えてくれる。

「よろしくお願いします」と、私は望月さんの手を握る。

イケメンの月城君、ロマンスグレーの老紳士さん、お人形さんみたいな女の子、すごい美人の亜美さん、とても強そうな望月さん。

れんげ荘のみなさんはとても個性的だと思ったところで、月城君にうながされてビルに入る。

「七里ちゃん、望月さん、先に行っちゃったの変に思わないでね。極度の照れ性なんだよ。あと、声がすごく小さいから、注意して聞いてあげて」

階段を上がる背中に言われ、「はい」と返す。

二階に着くとお店の屋号がついた扉と看板が左右に並び、一番奥の他とは趣が違うお店の前で月城君が止まる。

「望月さん、今日の仕込みもう全部終わってるの？」

慣れた様子で月城君が中に入り、うながされてあとに続く。

扉と壁はガラス張りで、入ってすぐ正面に二段のショウケース。

左右の壁と床は赤、左隅にはひとり掛けのどしりとした黒い革のソファと、黒いうさぎが天板を両耳で支えるサイドテーブルが置いてある。

右の壁にある黒い棚の中には、きちんと包装された焼き菓子が並び、香る匂いとともにここがなんのお店が分かった。

「七里ちゃん、ここはね、【Mimilapin《ミミラパン》】っていう、ケーキ屋さんだよ」

私の答えが合っているのを教えてくれた月城君に、聞いてみる。

「……何か、……普通のお店と雰囲気が違うよね？」

「鋭いね、まあ、望月さんがパティシエしてるってだけでも、ね」

「望月さんの、お店なんだね」

「そう、お店開いてからまだ半年で、立地もあんまりよくないのに大人気なんだよ。

大人の街で、大人に向けた、大人のためのケーキを売ってるからね」

大人のためのケーキ、……まだ空のショウケースの中はどんなものが並ぶんだろう。

「何か商売をやるときは、はっきりとした顧客イメージがないと成功しないんだって、
この店に色々口出した潤さんが言ってた」

月城君が語る話に、驚く。

「あの人、経営について詳しいからね。七里ちゃん、そこ座って待ってて」

月城君はソファを指さし、ショウケースの奥、透明のガラスに仕切られた厨房だろうところに入っていった。

……経営について詳しい、……知らなかったな。

初めて知る潤おじさんを想像出来ず、鞄から着信音が聞こえ、慌ててお店を出る。

知らない番号に、少し迷ってから通話ボタンを押すと、

『お前、今、どこだ』

聞こえてきた低い声に、全身が固まってしまう。

『おい、聞こえてるか？』

「……はい、聞こえてます」

耳元での声は、直に聞くよりも、更に硬く冷たく聞こえる。

『敬語とか、いいから』

「……でも」

『今、もう、望月さんのところに居るのか』

「……えっ、はい」

『分かった、お前、ひとつにしとけよ』

そう言い、潤おじさんは通話を切ってしまった。

「七里ちゃん、電話終わったならおいでよ」

耳から携帯を離し、ぎゅっと握って「はい」と中に戻る。

うながされソファに座ると、お尻が沈んだ私の目の前、テーブルにとんとんと置いてから月城君が言った。

「七里ちゃん、召し上がれ。この店オリジナル茶葉のストレートティーと、Salt《ソルト》 Eclair《エクレール》だよ」

黒いテーブルの上には、細長いグラスに注がれた琥珀《こはく》色のアイスティーと、白い丸皿の上にのった細長いエクレアの姿。

「七里ちゃん、早く食べなよ。望月さんがハラハラしてる」

月城君のうしろ、ショウケースの奥から、ガラス越しサングラス越しに見られているのに気づいた。

望月さんの瞳は見えないけれど、そわそわした様子は分かる。

「そのケーキ、冷蔵庫から常温に出すとどんどん味が変わるんだ、早く」

そう月城君に言われ、私はコロッケサンドとは違い、片手に持ったエクレアの細い体を小さな口でかじった。

「……っ！」

驚いた。もうひと口かじり、ゆっくり咀嚼して味わい飲み込む。

「このお店の看板商品、塩エクレア、びっくりしたでしょ」

そばに立つ月城君の笑顔に、こくこくと首を振る。

「……甘くて、……しょっぱいのに、……和菓子の甘じょっぱいとは、全然違う」

そうもらしたあと、私は、自分が言ったことを確かめるように再度塩エクレアをかじる。

薄い茶色のシュー生地に、甘さを感じない焦げ茶色のチョコレートがかかった姿。

口にすると、見た目では判断出来なかった初めての味が口内に広がる。

最初は、濃くて滑らか、とても甘いチョコレートクリームの味が広がる。

少しして、甘さはしょっぱさで消される、塩のつぶがクリームに入ってるからだ。甘味と塩味が完全に分かれていて、口の中で追っかけっこをする味は。

「変な味だと思わない？」

「……めちゃくちゃおいしいです！　変じゃないです！」

大きな声を上げてしまい、月城君のうしろを見て、驚く。

望月さんのつるりとした頭の先から首まで、真っ赤に染まっていたからだ。

「もう食べちゃったけど、常温に置いてたらどんどん甘みが強くなるから、胡椒を振ったらまた違うおいしさを味わえるんだよ」

月城君に笑顔で言われ、夢中で食べ終えたことを恥ずかしく思い、私は顔を下に向ける。

「甘じょっぱいとは違う、変な味じゃなくおいしい。さすが、経験がないのに【れんげ荘のごはん】を任せられるだけのことはあるな」

明るい声色は先ほどと同じだけれど、違和感のある言葉に顔を上げる。

「潤さん、【れんげ荘のごはん】、七里ちゃんに安心して任せられそうやん」

月城君は、……怖い笑みを浮かべ、冷たい視線を入り口に向けていた。

そこには、眉間にシワを寄せた潤おじさんが立っていて、私はかちんと固まった。

※

先ほどまでの月城君のありがたさを、私は、今、とても感じている。

知らない場所を分かりやすく説明してもらいながらの、れんげ荘から望月さんのお店までの道中は、正直、楽しかった。

……手を繋いでいたのは誘導するためで、歩く速さ、私に合わせてくれたんだろう。

月城君に感謝しながら、私は、望月さんとは違った意味で大きく見える、潤おじさんの進む速い背中を必死で追う。

北新地から地下に降り、人に何度かぶつかって謝りながら、泉の広場に着いても潤おじさんは止まらない。

噴水から近くの階段を上がり、地上に出てやっと、

「……これから、どこに行くんですか？」

質問が出来た私に、ぐるりと潤おじさんが振り返る。

「……はあっ？　聞いてないのか!?」

大きな声に、びくりと全身が震えてしまう。

「……あの、……ごめんなさい」

「なんで、謝るんだ」

『昨日からずっと、私のせいで怒ってるから』と返せず、首をもたげられないでいると、息を大きく吐く音のあと「行くぞ」と聞こえた。

顔を上げると背中は少し先を進んでいて、気づく。

……歩くの、……私に合わせてくれてる？

そう、スピードの落ちた潤おじさんの背中に聞けず、見知らぬ道をうしろに続く。

高速の下の広い道路と並ぶ、映画館やパチンコ屋さんがある通りの路地へ入る。

道の左右、隙間なく建つ年季が入った二階、三階建てのビルは、飲食店となんのお店か分からないカラフルな看板がくっついている。

焼肉屋さんが多いなと思っていると、前にある背中が左と右に曲がり、驚く。

「……あのっ、……潤おじさん、この辺りって……」

「なんだ、トイレか」

潤おじさんが振り返り、突然現れた、私たちの横にある施設を見上げる。

「ここで、借りてくか」

「……いっ、……いいですっ!!」

私は、ファッションホテルのそばでぶんぶんと首を左右に振る。

……こんな街中に施設があるのは、……大阪では普通なの？

そう聞けず、「行くぞ」と向けられた潤おじさんの背中を追う。

ビルとビルの間を抜けると広い道路が現れ、信号を渡り、向いた顔に言われた。

「お前、本当に、トイレは大丈夫か」

真剣な表情は、からかっている訳ではないのは分かる。けれど。

「……おじさん、……しつこい」

私はもれた言葉に気づき、両目を閉じる。

「十年前、外に出たらすぐ、トイレってうるさかったから。その辺は大人になったか」

調子の変わった声に気づき、ゆっくり瞼を開く。

「じゃあ、大人として、今からちゃんと挨拶しろ。仙台に帰りたくないんだったら」

硬い声に戻った潤おじさんは、目の前の建物の中へ入り、私も慌てて続いた。

仙台では見たことない屋号で二階建ての真新しいスーパー。

人がまばらな店内をすたすた歩き、潤おじさんは銀色の開き扉の中へ入る。

少し迷ってから続くと、私の知らなかった世界が広がる。

帽子にマスク、長袖長パンツで手袋をつけ長靴をはいた、目だけ見える白い姿の人たち。

皆きびきびと動き、銀色の台の上や見知らぬ機械で野菜を切り分け包装している。

「こんにちは、潤君の姪っ子ちゃん」

出入り口で辺りを見回していると、潤おじさんと白い人がそばにくる。

「うんうん、潤君と全然似てなくてよかったやんか」

全身白くても恰幅《かっぷく》がいいと分かる男の人が、見えている細い両目を更に線にする。

「僕の名前は猪瀬《いのせ》です。これからよろしく、えっと」

「……阿部七里です。……よろしくお願いいたします！」

がばりと腰を折ったあと、私は我に返る。

就職活動中に専門学校の先生に唯一ほめられた、深すぎるお辞儀《じぎ》をしてしまった。

「ははは、潤君と違って、面白い子でよかったわ」

笑い声に首をもたげると、潤おじさんが猪瀬さんを軽くにらんでいた。

「猪瀬さん、それどういう意味ですか」

「そのまんまの意味やん、自分が面白い言うんやったらなんかギャグ言うてみ」

「猪瀬さん、至らないところ多々あると思いますが、明日からよろしくお願いします」

潤おじさんが猪瀬さんに頭を下げ、なんとなく、私もまた深すぎるお辞儀をする。

「誤魔化したな」といたずらっぽい声のあと、猪瀬さんは声色を変えて言った。

「潤君、一年ぶりの、【れんげ荘のごはん】やな」

潤おじさんは返さず、私ははゆっくり顔を上げる。

「明日食べに行くわ、これから長く続けてな。れんげちゃんのためにも」

無言で頭を下げた潤おじさんに腕を引かれ、私もぺこりと頭を下げ外に出た。

「猪瀬さんはこのスーパーの店長で、明日からお前が世話になる人だ」

外に出てから手を離した潤おじさんに言われ、少しして返す。

「……私、……明日から、このスーパーで働かせてもらうんですか？」

「ひょっとして、つきから、何にも聞かされてないのか」

『つき』とは月城君のことだろうかと思い、答える。

「……こっちの色んな場所を教えてもらって、とても勉強になりました」

「あいつ！　明日からの話をしてないのか！」

大きな声に両肩が揺れてしまった私は、「明日」という単語に口を開く。

「……あのっ、……私、今日、仙台に帰らないといけないじゃ？」

「そんなこと誰が言った、帰りたいか」

「……だって、……昨日から、……おじさん、ずっと迷惑そうな顔してる」

「俺は、大阪に来てくれたこと、迷惑だなんて思ってない」

潤おじさんの予想外の言葉に、私は、とても大きなお腹の音を返してしまう。

一瞬で全身が熱くなり、口を開くより先に、二の腕をつかまれ連れていかれる。

潤おじさんはずんずんとスーパーから離れ、また現れた大きな道を渡り、ビルとビルの間の狭い道を進んでアーケードの道に入った。

仙台の名物である、七夕飾りが上から飾られる商店街とは雰囲気が違う。

原色の看板があちこちに飾られ、家族連れの姿はなくひとりで歩く男性が多い。

「あー！　潤ちゃーん！　何してんのー！」

突然聞こえた関西なまりの高い声に、潤おじさんが止まり、私も。

「暇ならー、遊びに行こうやー！」

こちらにハイヒールで駆け寄ってきた女性は、トレンチコートにワンピース姿。

着ているものは同じだけれど、私と全然違う。

肩にかけたトレンチコートの下、ぴったりとしたミニのワンピースは薄いニット素材で、大きく開いた胸元から深い谷間が見えくびれたスタイルのよさが分かる。

「たまこ、暇そうに見えるか」

女の私でもドキドキしてしまうのに、私を見るときと変わらない顔をしている潤おじさんに、赤い口紅のよく似合う女性は笑みを消して言う。

「なんなん、そのもっさい女。そんな子ほっといて行こうや」

ぎろりと鋭い視線を向けられ、私は顔を下に向ける。

「もっさいって、どういう意味だ」

「イケてないってこと」

「イケてないの意味が分からんが、かわいいだろ、俺の姪」

私は、とても驚く。

首をもたげると同時、潤おじさんは歩き始めた。

商店街の道の左右には隙間なくビルが並び、一階は大体飲食店で、昼間なのに居酒屋さんの呼び込みに立つ人たちに、私たちは声を掛けられない。

かなり早足で進む潤おじさんは、タバコ屋さんの角を曲がりどんどん進む。

アーケードの下を転ばないように必死でついていき、やっと止まった。

私から手を離したあと、潤おじさんは戸が開け放されているお店へ入り、続いた。

カウンターだけの店内、一番奥に瓶《びん》ビールを手酌しているおじいさんがひとり。

「大人になって、ラーメン嫌いになったか」

首を左右に振ると、「座れ」と言われ、潤おじさんの隣の丸く赤い椅子にかける。

「ここ、来たいって言ったの、覚えてないか」

「……十年前に？」

「そうだ」と返され、少し考えてから答える。

「……ごめんなさい。……覚えてないです」

「そうか」と私の目の前にお冷やのグラスを置き、潤おじさんは店員さんに注文する。

頭の中で記憶を探していると、とんと、湯気とともに丼が目の前に置かれた。

初めて見た、模様が何もない浅く白い丼。

その中身も初めて見るものだった。

透明なスープが注がれ、薄黄色の細麺が沈み、チャーシューが三枚に春菊《しゅんぎく》がのってネギが散っている。

ラーメンだということは分かっているけれど、食べたことのない種類のものだ。

「そんな警戒しなくても、毒なんか入ってないから、食え」

そう言って、潤おじさんが私に割り箸を渡してくれる。

「ここのは麺が細くて伸びやすい、餃子《ギョーザ》がきてないが、食え」

潤おじさんは、「いただきます」と言ってから、ラーメンをすすり出す。

私も、「いただきます」と言って、れんげでスープをひと口飲んだ。

「……っ！」

驚き、もうひと口飲むと、隣から聞こえた。

「見た目に、裏切られただろ」

私は、潤おじさんに向いて、こくこくと頷く。

「伸びるぞ食べろ」と言われて、正面のドンぶりに向き、言うとおりにする。

透明であっさり味だろうと思ったスープには、いい意味で裏切られた。

色はないけれど濃い鶏のダシの味を感じられ、それを塩が引き立てている。

旨味が強くて、色のとおり雑味が全くない、あっさりというより優しい味だ。

スープだけでもおいしいいけれど、舌触りのいい卵味の細麺に味がしっかりとついた薄切りチャーシューを絡めて食べると更においしい。

春菊の青臭さがアクセントになり、箸を止められない。

そんな、初めてのラーメンに夢中な私の前に、ニンニクのいい匂いをさせるお皿が置かれた。

「辛いの平気か」と聞かれ、箸を置いて頷くと、潤おじさんがラー油を垂らしたたれの小皿を目の前に置いてくれる。

白に青い模様が描かれた楕円のお皿の上、いい焼き色のついた八個の丸い餃子。

ひとつをたれにつけ、口に入れて、また驚いた。

ぱりっと焼き上げられた厚めの皮を噛んだら、溶けてなくなり、野菜の甘みを感じるあんが出てきたからだ。

「ここの餃子の皮、うまいだろ」

ごくんと飲み込んで、お水をひと口飲んでから、こくこくと頷く。

「冷めないうちに食え」と言われて、隣を向きもせず返事もせず、私は餃子に箸を伸ばす。

潤おじさんの言うとおり、めちゃくちゃおいしい餃子の皮は、お餅を思い出すもっちりとした味から米粉を使っているかもしれないと思った。

あんも皮に負けないくらいおいしくて、ラーメンと同じように夢中で食べてしまう。

「……ごちそうさまでした。……すごく、おいしかったです」

全て平らげ、お冷やを飲み干してから、私は手を合わせて言った。

「よく食べたな。おいしかったろ、ここの塩ラーメン」

隣からの声に、顔を向ける前に突然思い出す。

……そうだ、……十年前、仙台から大阪駅に着いて、……迎えに来てくれたときだ。

潤おじさんが母と私を迎えに来てくれ、れんげ荘に向かう途中だった。

このお店の前を通り、食べたいと言ったけれど母が許してくれなかった。

……それを、私は忘れていたのに、……潤おじさんは覚えていてくれたんだ。

隣を向くと姿がなく、お礼を言えなかった私は慌てて外に出る。

アーケードの下、少し先に止まってくれている背中に近づく。

「……なな……お前、仙台に帰らず、大阪に居たいのか」

どんな顔をしているか分からない潤おじさんに、少ししてから答える。

「……居ても、いいの?」

「新婚の姉さんのところには行けなくて、〝まほう〟を使った彼氏から逃げて、俺しか頼れなかったんだろ」

情けない私の今の状況を言われ、ぐっと口を閉じてから開く。

「……はい。私、……明日から、さっきのスーパーで頑張って働きますから、居させて下さい」

紹介してくれた猪瀬さんは優しそうでよかったと思ったとき、静かに言われた。

「七里、お前は明日からうちで働くんだ、【れんげ荘のごはん】をやるんだ」

第二話　ごま油香る豚汁とみんなのおにぎり

私は、先ほど言われた言葉の意味が分からず。

「さっき連れていったスーパーへ、明日から午後二時には行くようにしろ」

何から聞くか迷っている間に、目の前に立った潤おじさんが話を進めていく。

「スーパーの裏、自転車置き場の横が裏口になってるから、挨拶をきちんと……」

「……あのっ！　……【れんげ荘のごはん】って、なんですか？」

潤おじさんは両目を大きく開き、私に背中を向ける。

「……つき、本当に、なんにも説明してねえのかよ。あいつ、覚えてろよ……」

ぼそりと言葉を呟いたあと、進み出した背中を追う。

「お前、調理師の免許持ってるんだよな」

隣に並ぶと聞かれ、「はい」と答える。

「調理師に、保育士、他に持ってる資格はあるのか」

「……食品衛生管理を、持ってます」

「そうだったな、彼氏と店をやるために資格を取ったのか」

潤おじさんの言葉に、私は足を止める。

「……私が持ってる資格もだけど、……どうして、知ってるの？」

十年前、一週間だけ、潤おじさんとれんげ荘で過ごした。

それからは連絡を一切取っていない、母に強く禁止されたからだ。

「安心しろ、〝まほう〟の力は俺にはない」

感情が読めない顔と声に、気持ちはうかがえない。

十年前と比べ、少しだけ歳を取っている顔と背格好は記憶のまま。

……でも、雰囲気と言動は、……別人みたいだ。

そう私が思っていることを知っているのかどうか分からない潤おじさんとアーケードを出て、大きな道路の横断歩道を渡ったあと。

目の前にした建物と、隣のサウナの大きな看板には見覚えがあった。

「……おじさん、……私、野球、したがったの覚えてる？」

目の前のバッティングセンターに入りたいと、ラーメン屋さんのあとに言った。

十年前の私は、母が許さないのを分かっているのにわがままを口にした。

怒った顔でもこちらに向いて欲しくて、私を見て欲しかったから。

……お母さんは、……私のせいで追い詰められて、余裕がなかったのに。

「今は、過去より、これからをちゃんと考えろ」

もっともなことを言われ、「ごめんなさい」と返した私は、下を向いてあとに続き。

改めて、十年前とは正反対の潤おじさんを想う。

初対面の私を柔らかく包んでくれた言動は、距離がある硬い言動に。

いつも笑みを浮かべていた顔は、ほとんど動かない。

それは、私が突然訪ねたせいかと思っていたけれど。

『俺は、大阪に来てくれたこと、迷惑だなんて思ってない』


さっき、そう言ってくれた。でも、ならどうしてと思ったとき。

「おい、どこまで行くんだ」

聞こえた声に振り向くと、少しうしろに潤おじさんが立っていた。

いつの間にかれんげ荘に着いていて、「ごめんなさい」とそばに立つ。

「なな……お前、これから謝るのやめろ」

下がっていた顔を上げると、大きな音とともに潤おじさんがシャッターを上げた。

「悪いことをしてないのに、謝る必要はないし、……思い出させないでくれ」

最後、とても小さくなった言葉を残し、潤おじさんは中に入る。

何を思い出させてしまったのだろう。そう思いながら、私はその背中を追った。

濃い茶色の木枠のガラス戸の中に入ると、昨日とは違い、全ての電気がつく。

オレンジ色の星形、六角形の凝った細工がされたもの、天井から吊《つ》るされた六個の照明はばらばらだけれど違和感が全くなく、空間を優しく照らしている。

「照明、電球替えるとき気をつけろよ、うん十万のやつあるから。どうだ、【れんげ荘のごはん】は」

私は、昨日よりも、じっくり辺りを見回す。

きちんと磨いているんだろうくるみ色の床の上、深い茶色の長方形のテーブルがひとつと、その三分の一の大きさの丸テーブル。

椅子の数から六人掛けと三人掛けと分かるテーブル席と並ぶ、四つの椅子が置かれたカウンター席からなる、十三席の空間。

床と同じ印象で、真新しくはないけれど丁寧に手入れと清掃がされている。

「……あったかい場所って、感じがします」

感じたままを返し、そういえば、十年前はここに入ってないことに気づく。

「改装するとき、あいつにそう希望されたからな」

いつの間にか、カウンターの中、多分調理場に入っている潤おじさんが言う。

「大阪に居たいなら、明日からここで働いて、すぐに謝るのと敬語直せ」

「じゃあ、その無駄に威圧感ある態度やめたら」

口を開く前に聞こえてきた、もう知っている声に振り返る。

「かわいそう、七里ちゃんは何も悪くないのに、態度悪すぎるやろ」

出入り口に立つ月城君は、浮かべる笑みと反対に思える声で続ける。

「一年経ってもぐだぐだで、七里ちゃんに優しく出来ないとか、れんげさん悲しむやろうなあ」

え？　どういうこと？　と驚きながら、潤おじさんのほうに向き返る。

「居なくなった人間大事にして、目の前の人間遠ざけてんなや」

「……月城君！」

私は、カウンターの向こう、固まっている顔の前に背を向けて立つ。

「……さっきはっ、ごちそう様でしたっ！」

大きく言い深いお辞儀をすると、少しして聞こえた。

「七里ちゃんはいい子やな、あんな、アホなおじさん守らなくていいんやで」

顔を上げると、月城君は私のうしろに視線をやって続けた。

「潤さん、今の状況、恥ずかしくないん」

私がもう一度月城君の名前を呼ぶ前に、うしろから小さく聞こえた。

「……恥ずかしいに決まってるだろ、だから、あとはつきに任せる」

「ほんま、逃げてばっかりやな」

「なんでも屋、説明代を渡しておいただろう、仕事しろ」

調理場から外に出られる扉があるのだろう、潤おじさんは出ていった。

うしろを見ることは出来なかったけれど、気配で分かり。

ほっと息を吐くと、ぎゅっと鼻をつままれた。

「とってもいい子の七里ちゃん、座って話そうか」

私から手を離し、にっと笑んだ月城君はカウンターに向かう。

「あの人、俺らより十個以上歳取ってんのにぐだぐだすぎるわ、あっ、カウンターの中の冷蔵庫からコーラ取ってくれる？」

私は何も返せず、端のカウンター扉から厨房に入る。

深く広い流し台に業務用の四口コンロ、銀色の大きな冷蔵庫。

厨房の真ん中には、六人掛けのテーブルよりひとまわり小さい銀色の作業台が置かれ、カウンター側、外からは見えないだろう壁に伸びる棚には食器と調理器具が並ぶ。

機能的で使い勝手のよさそうな厨房は、清掃と整頓が客席と同じようにされていて、猪瀬さんが言っていた一年ぶりのお店には見えなかった。

「栓抜きは冷蔵庫の扉にくっついてるよ、使い方分かる？」

冷蔵庫から瓶のコーラを取り出すとそう言われ、「はい」と返し、ぽんっと王冠を抜いて渡す。

「七里ちゃん、明日かられんげ荘の給食のおばちゃんになるって、考えたらいいよ」

言われたグラスをふたつカウンターに置くと、月城君はコーラを注ぎ、ひとつを渡してくれる。

「朝夕だけで、お昼と土日は作らなくていいから」

かちんとグラスを合わせ、月城君がぐいっとそのグラスを空ける。

「七里ちゃん、調理師免許、食品衛生管理の資格持ってるし、ホテルのラウンジで二年バイトしてたんでしょ？　楽勝、楽勝」

潤おじさんだけでなく、月城君までどうして知ってるんだろう。

「朝はここに住む六人ぶん、夕飯は、近所の人間が食べに来るぐらいだから安心して。七里ちゃんが来てくれて嬉しいよ、潤さんが作ってくれる朝食我慢出来なかったから」

質問する前に、どんどん話を進める月城君が「飲んで」と言ったので、とりあえずコーラをひと口飲む。

「パン派ってのは聞いたけど、七里ちゃんは、毎日朝ごはん食べる？」

「うん、母が、ちゃんと食べないとって人で。ひとり暮らしになっても、食べてた」

「じゃあさ、卵、どんな風にして食べる？」

「日によって、ばらばらかな。……食べないこともあるし」

そう言ったあと、がしっと、月城君が私のグラスを持つ手を両手で包む。

「せやろ？　その日の気分によってさ、目玉焼き、スクランブルエッグ、出し巻き、ＴＭＧって変わるやんか？」

関西弁になった月城君の満面の笑みに、ＴＭＧってなんだったろうと思う。

「なのにさあ、来る日も、来る日も、黄身がかっちかちの目玉焼きしか作ってくれへんのよ。抗議しても他の作ってくれんしな」

「月城君以外も、抗議してるの？」

「そこなんよ」と言ったあと、月城君は関西弁でなめらかに続ける。

「白髪の紳士おったやろ、もうすぐ古希の通称シゲさん、本名若本茂《わかもとしげる》さん。シゲさんはさ、食べれたらなんでもいいって、文句言う俺がゆとり教育の若者代表みたいに言うんよ」

なまりが出ているのに気づいていないのか、月城君は楽しそうに続ける。

「見た目は完璧美人、中身は天然キャラ装って北新地のクラブでナンバーワンの亜美ちゃん、本名妹尾《せのお》亜美ちゃん。亜美ちゃんはさ、今朝の様子で分かると思うけど、潤さんのこと大好きやから文句言わへんのよ」

今朝の私への鋭い視線と、潤おじさんへの子猫みたいな言動を思い返す。

「あと、見た目は傭兵《ようへい》のパティシエ望月さん、本名望月健太郎《けんたろう》さん。さっき会ったから分かるやろうけど、声が小さくて、性格がめっちゃ優しいから、誰かや何かに対して意見することがないんよ。元兵庫県警の刑事って見た目以外信じられへんわ」

〝元〟とはいえ、刑事さんを、テレビドラマ以外で見たの初めてだ。

「拳銃撃ったことありますかって聞いたら、ないけど、撃たれたことはあるって……」

「月城さん、その望月さんから、お電話出て下さいって僕に電話ありました」

月城君の楽しそうなおしゃべりをさえぎった、見た目より低い声は、出入り口から聞こえた。

「まったく、なんでも屋の仕事もロクに出来ないから、芸人としても売れないのでは」

朝とは違う、やはりふりふりした格好をした少女が月城君のそばに立つ。

「潤さんに、やっぱりつきは信用出来ないから僕に任すと言われたので、望月さんのところにさっさと行って下さい」

「うわー、潤さんに言われたないわー」

「大量予約と雑誌の取材の電話がきて、望月さんが困ってるので早く行って下さい」

「へいへい、あっ、そうや」

ごにょごにょと、月城君が少女の耳元でささやく。

「分かりました、僕は、完遂してみせましょう」

「おーし、じゃあ、バレたらすぐに連絡してこいよ」

月城君は私に向き、両目をとても細くした笑顔で言った。

「七里ちゃん、ほんま、大人げない叔父さんで大変やなあ」

※

月城君が、うしろの雨よけに【Mimilapin】とマジックで書かれた自転車で去っていき。

「七里さん、今朝から歩き通しで疲れているところすみませんが、来てもらえますか」

そう言われ一緒に出ると、鍵をかける少女に言われた。

「潤さん、少し、いやかなり落ち込んでました」

私は、言葉に胸が痛くなり、店舗のすぐ裏にある管理人室へ視線をやる。

「七里さん、行ったらダメですよ」

声に向くと、少女に正面から距離を詰められ、じっと見つめられる。

「女の子はどれだけ理不尽でわがままをしてもいいけれど、男の人に恥をかかせてはいけないらしいです」

青い大きなリボンを頭のてっぺんに、青いワンピースに白いエプロンをつけて、黒と白の横縞タイツをはいた姿は、ふしぎの国に迷い込んだ少女の格好だと気づく。

「僕の崇拝する漫画にそういうセリフがありました。まだ子供の僕に助けを求めただけでも、大人の男として相当落ち込んでいると思います、そっとしておきましょう」

とてもよく似合うメルヘンな格好で、少女はとてもしっかりしたことを言う。

口を開き、謝罪の言葉を取り出そうとして、閉じたとき。

「僕は、二年前、潤さんとれんげさんにとても迷惑を掛けたんです。だから、潤さんに頼られてとても嬉しくて、迷惑と思ってないので謝らないで下さいね」

そう言って、柔らかい手で私の手を握る少女は、かすかに笑顔でとてもかわいい。

「僕は、面倒を見てもらうだけというのは、とても居心地が悪く感じますから」

「行きましょう」と歩き出され、中学一年生の歳に似合わない言葉の意味を聞けず、潤おじさんの部屋をちらりと見て過ぎる。

「……あの、……お名前、教えてもらってもいいかな」

「僕の名前は、水島遊《みずしまゆう》です。遊ぶで、ゆうです。呼び捨てでいいですし、気を使ったしゃべりは寂しいです」

少ししてから、「遊ちゃんでいい？」と聞くと、こくりと頷いてくれた。

「……遊ちゃん、……僕って言うの、学校で流行ってるの？」

お人形さんのような容姿と格好から、少女、遊ちゃんに『僕』は違和感がある。

「僕は、学校には行ってません。面倒を見てくれているシゲさんに、私は禁止されているんです」

遊ちゃんの答えに、私は首を傾げる。

「この格好は許してくれていて、というか推奨されているんですが、元の、普通の格好をしたくなったときに私はまずいからと」

ん？　どういうこと？　と思って質問をしようとしたとき、遊ちゃんが「こっちです」と言った。

神社に向かう道から更に狭い道に曲がり、少し歩くと視界が開けた。

「神社に寄る道からよりも、この公園を横切ったほうが早く大通りに出られるんです」

公園は滑り台とブランコしか遊具はないけれど、広場と砂場が広く取られている。

「遊ちゃんは、ここで遊んでたの？」

「いえ、僕がれんげ荘に連れていかれて、母親に置き去りにされたのは二年前ですから」

歩みを止めずに遊ちゃんは答え、私は口を開けず続きを聞く。

「母は亜美さんの元同僚で、亜美さんの事情を知って僕をれんげ荘に捨てたんです。そんな僕を、潤さんとれんげさんはれんげ荘に置いてくれ、住んでいるみなさんが面倒を見てくれて今に至ります」

公園をすたすたと進みながら、遊ちゃんは昨日見たドラマのあらすじのように語る。

「二年間、母親から一切連絡はなく、消息を知りたい会いたいとは思いません。僕は、れんげ荘に捨てられてとても幸せだと思っています」

事情を教えてくれた遊ちゃんの横顔に何も言えず、公園を出て連れられて行く。

れんげ荘の辺りより広い道の左右に並ぶ、二階建ての建物は様々なお店が入り、元の建物は古いのに店構えや店内は洒落て明るい様子だ。

そんな辺りの景色を見ながら、静かに歩く隣に口を開く。

「……遊ちゃんは、強いね」

「七里さんみたいに、相手の立場で気持ちを想像し、発言出来る人も強いですよ」

言うとおりすぐに出られた大通りを前に、私は止まり、遊ちゃんに向いた。

「……私ね、十年前……遊ちゃんと同じくらいの歳のときに、れんげ荘に逃げたことがあるの」

「潤さんから聞いたことがあります、僕と事情は違うけれど大変でしたね」

遊ちゃんはふわりとほほ笑み、七歳下とは思えない表情に胸がぎゅっと痛くなる。

「……お母さんは大変だったと思う、私の……」

〝まほう〟のせいでと言いかけて、口を閉じて開く。

「……ごめんね、私と一緒に考えてしまって。……弱い、私なんかと」

「本当に弱い人は自分を弱いと言いませんけれど、七里さんの言う強い弱いは、現実を受け止められるか否かということですか？」

「そうだね」と返すと、少しして遊ちゃんは小さな声で言った。

「僕は、強く居るためにこんな格好をして、弱さを隠しているだけですよ」

発言に驚き、返す前に、私たちは水音に包まれた。

「あ〜、そんなところから〜、出てきたらあかんわ〜」

のんびりした声に、ぽたぽたと、私の前髪から水滴が落ちる。

「……牧村《まきむら》のおばあちゃん、もう、これで五回目ですよ」

「あれ〜、そう〜、あんたらびしょ濡れてかわいそうに〜」

私たちに水を浴びせたホースを握りしめ、背中の曲がったおばあさんが続ける。

「かぜ引くから〜、開店前の〜、一番風呂入っていきいや〜」

断った遊ちゃんへ「遠慮するな」と更に水を浴びせたおばあさんにうながされ、すぐそばの施設に向かう。

【牧村温泉】と書かれた軒先の下、開いてくれたくもりガラスの戸の中へ入る。

かすかにプールの匂いがし、左右の壁には木の札がついた下駄箱。

男湯、女湯の暖簾《のれん》の真ん中には、洗面用品が並んだショウケースがある。

「女の子ふたりでよかったわ〜、まだ〜、男湯清掃中やからな〜」

初めての銭湯の景色に感心していると、おばあさんがショウケースの内へと入る。

そこ入れるんだと思った私に、ショウケースから取り出したバスタオルが渡される。

「お代はええからな〜、ゆっくり浸《つ》かりよし〜」

「牧村のおばあちゃん、僕、れんげ荘の遊だよ」

「遊ちゃん〜、なんで〜、そんなお化粧してるんや〜。せんでも〜、かわいいんやから〜、お風呂入ってはよ落としてき〜」

腕をつかまれた遊ちゃんは女湯の暖簾の向こうに連れられていき、私は追う。

「ふたりで～、ゆっくり～、入って帰りや～」

にいっと、深いシワが刻まれた顔で笑い、おばあさんは出ていった。

右の壁に鍵付きのロッカー、左には椅子とドライヤーが置かれた三つの洗面台。奥のガラスの引き戸越し、大浴場の様子が見え温泉と似ていると思った。

「七里さん、僕はいいから、どうぞゆっくり入ってきて下さい」

何度もふたりで「どうぞ」をくり返し、遊ちゃんが大きく息を吐いたあとに言った。

「れんげ荘に七里さんと僕の着替えを取りに行ってきますから、先に入って下さい。今、潤さんと顔を合わせたいですか？」

口を開けない私に、「じゃあ行ってきます」と遊ちゃんが言ったとき。

「あんたら～、なんで～、まだ～、入ってないんや～」

おばあさんが暖簾をくぐり、こちらに向かってきた。

「牧村のおばあちゃん、僕、着替えをとりに行ってくるから」

「何言ってるんや～、そんなずぶ濡れで帰したら～、シゲさんに怒られるわ～」

そう言って、おばあさんは、遊ちゃんがはいているタイツを両手で勢いよく下ろした。

青いスカートがふわりとまくれあがり、

「あら〜、遊ちゃん〜、男の子やったっけ〜」

一瞬見えたものに、私は、その場に倒れてしまった。

※

「七里さん、気分はどうですか、喉は渇いてませんか」

両目を開けると、白髪の紳士……確か、お名前はシゲさんの顔が見えた。

「すみません、遊をはじめここの住人が無理をさせて」

シゲさんが頭を下げ、私は、れんげ荘の部屋で布団に寝かされているのに気づく。

「七里さん、顔でも洗ってきてはどうですか。少しはすっきりするかもしれませんよ」

顔を上げたシゲさんに言われ、「すみません」と布団から出る。

用を済ましてから洗面台の前に立ち、手を洗って顔をばしゃばしゃと洗ったあと。

洗面台のそばの窓の外が暗く、鏡に映る顔は少しむくんでいて、服はいつの間にか
パジャマに着替えているのに気づいた。

「七里さん、部屋の扉を開けておかなくてもいいでしょうか」

部屋に戻ると、布団のそばに正座するシゲさんに言われ首を傾げる。

「老いてますが私も一応男なので。嫁入り前なのにふたきりで部屋に居るのは」

なるほどと思い、「大丈夫」ですと返し、向かいにつられ正座をしてから聞いた。

「……あのっ、……私の着替え、シゲさんが……」

「誤解をさせてしまってすみません、七里さんの着替えは女の人がしました。遊ではないので安心して下さい、あの子が牧村温泉では失礼しました」

また深く頭を下げられ、慌てた私が返事を返す前にシゲさんが首をもたげる。

「七里さん、遊は男ですが、あのように日常的に女物の服を着て化粧をしています」

口を開けないでいると、朝はなかった座布団を勧められる。

譲り合ったあと私は畳んだ布団に座り、蓋が開いたスポーツ飲料を渡してもらう。

「飲んで下さい」と言われ、とても渇いている喉を潤させてもらう。

「遊の事情を聞いて、『強い』とほめてくれたんですね」

口からボトルを離して蓋をし、私は床に置いてから返す。

「……ごめんなさい。……もっと、言いようがありましたよね」

「七里さん、遊は、とても嬉しがってました」

私は驚き、シゲさんは両目尻のシワを深くして続けた。

「母親がいなくなって二年、強がりを、頑張ってきてよかったと言ってました」

その言葉に、ぎゅっと喉の奥が痛くなるのを感じた。

「十三歳でそんなことを思ってるなんて、とても悲しくなりますよね」

　シゲさんが私の思ったことを言い、こぼれそうになった涙をこらえる。

「遊は生まれたときから母親とふたりきりで、本人に自覚はありませんが……」

　シゲさんは、ぐっと口を閉じてから開く。

「保育士の勉強をしていたのでご存じですよね、遊はネグレクトを受けて育ったんです」

　私は専門学校で習ったことを思い出し、頷く。

　ネグレクトは、児童虐待防止法にも定義されている育児放棄の状態。

　保護者の意識が子どもに向かわず、無意識に行われていることが多いとされる。

「遊の生い立ちから今の状況に至るまでを考えると、母親が見つかったなら、説教じゃ済みません」

　シゲさんの笑みを消した顔と硬くなった声色に、ごくんと喉を鳴らす。

「でも、私は、母親が遊をここに……、預けていってくれてよかったと思ってます」

　シゲさんは私から視線を下げ、何かを思い出してる様子で続けた。

「私は伴侶を持たなかったので子供と孫がいません。だから、遊のことを子供や孫のように思っています。れんげちゃんのように」

「れんげちゃん」の名前で思い出した。でも、忘れていた質問をする前に聞こえた。

「遊本人に指摘されるほど過保護なのは自覚していますが、甘やかすだけではダメだと分かっています、七里さんが倒れるほど驚かせたことはきつく叱りましたから」

「……それは、……私が、女の子の格好をしているだけって気づけなかったから……」

「気づけなくて当たり前です、女の子の格好をしている遊はとてもかわいいですから」

きっぱりと言ったシゲさんは、笑みを浮かべて続けた。

「売れない馬鹿漫才師と、七里さんが今日一日遊のことを男と気づかないことを賭《か》けていたそうです。遊だけでなく、あの馬鹿も、ついでに潤もこっぴどく叱っておきました」

ひゅっと背中が冷たくなった私に構わず、シゲさんが楽しそうに話す。

「遠くから訪ねてきてくれたかわいらしい姪に、態度が悪すぎましたから」

「……私が、勝手に、……突然、訪ねたから」

「確かに、長年会っていない親戚が訪ねてきたら、借金の申し入れか何かの勧誘かと警戒する人も多いですが、七里さんの様子を見て接していればすぐに分かるはずです」

そういう類いのものではないが、迷惑を掛けにきたのは同じだ。

「それに、潤にしか頼れないから、七里さんはれんげ荘に来たのではないですか」

……シゲさんは、……もしかして、〝まほう〟を使える人なんだろうか……？

物心がつくころ、他人の心をのぞく行いは、〝まほう〟だと母に教えてもらった。

使うと、二度と使わないよう、他言しないようきつく言われ、私以外の人は〝まほう〟は使えないから、私が〝まほう〟を使うのはズルをするのと同じだと言われた。

……十年前、私はズルをして、……両親を不幸にしてしまった……。

私は〝まほう〟で両親を不仲にした罪の意識に耐えられず。

……潤おじさんに打ち明けて、親しくなった人相手には使わないって約束をしたのに、……破って、また逃げてきた。

「七里さん、他人に言えないことは誰にでもあるので、無理にしゃべらなくていい」

シゲさんの柔らかい声で、私は現実に戻ってこられた。

太ももに置いてある両手が、冷たい汗をかいているのに気づいたとき。

「七里さん、【れんげ荘のごはん】で、これから心おきなく働いて下さいね」

言われた言葉を、まわらない頭で反すうしてから口を開く。

「……あのっ。……私、お店なんてやったことないので、……無理です」

「じゃあ、今すぐに関西国際空港にお送りしましょう。クローゼットに着ていらっしゃった服が入っていますす。外で待ってますので用意をして下さい」

シゲさんが立ち上がり、私は慌てて口を開く。

「……あのっ、……どういうことですか？」

シゲさんはにっこりと音がしそうな笑みを浮かべ、表情と違う声を上げる。

「【れんげ荘のごはん】を開かないなら、仙台に帰りなさい」

私は、頭から冷水をかけられたような感覚に襲われる。

「ニートというんですか、れんげ荘は、働かない人間は住めない決まりなんです」

そう、シゲさんが笑顔で言うと同時、玄関の扉が外から開かれた。

「盗み聞きでもしてたんか。暇で他にやることないんか」

現れた姿にシゲさんが関西なまりの早口で言い、私は固まる。

「……シゲさん、勝手にここの規約作らないで下さい」

部屋に上がってきた潤おじさんは、シゲさんのそばに立つ。

「おい潤、いい加減ちゃんとせな、しばきたおすぞ」

シゲさんの初めて見る顔と声色に、両肩がびくりと揺れた。

「七里さん、驚かしてすみません、明日からよろしくお願いしますね。私は好き嫌いが何もありません、強いていえば」

シゲさんが背中を向け、玄関に向かいながら言った。

「自分を責め続け、幸せをあきらめてる馬鹿が、大嫌いです」

そう残してシゲさんは出ていき、私は、潤おじさんとふたりきりになってしまった。

太ももの上で握った手の中が、さらに汗をかいてくる。

『……あのっ』

声がかぶり、私が口を閉じると、潤おじさんは向かいにどすんと座る。

「……店をやらなくても、……仙台に戻りたくないなら、ここに居ればいい」

床を見つめる潤おじさんの言葉に、少しして、震える唇で返す。

「……シゲさんもだけど、……潤おじさんも、やれって言ったよ」

「それは」と首をもたげ、私をまっすぐに見て潤おじさんが言った。

「俺が、仙台から大阪に来た当初、……れんげに、働くよう言われたからだ」

そう言って浮かべる表情にどくんと胸が鳴り、ばあんっと部屋の扉が開かれた。

「ちょっと！　部屋にふたりきりとかあり得ないんですけど!!」

そう大きく言い、濃いめのお化粧をした亜美さんが部屋に上がる。

胸の谷間が見え露出の多い、テレビに出てくる某姉妹が着ているようなドレス姿。

顔と姿とは違い髪の毛を無造作にひとつに結んだ亜美さんは、立ち上がった潤おじさんの腕に抱きつき、ぎろりと私をにらんだ。

「姪！　さっさと出ていきなさいよ！」

「亜美、お前は、口を出すな」

亜美さんは顔を崩し、左目からぽろりと涙を落とす。

「……ひーどーい！　潤兄のことを思ってーー！」

「泣くとつけまつ毛取れるぞ、亜美は七里と暮らしたくないのか」

「暮らしたくない！　母親が生きてるんでしょ、そこに行けばいい！」

「行けないからここに来たんだ、どうしたら、七里と暮らせる」

ふたりの会話に、下がっていた顔を上げる。

「潤兄、私とその子どっち選ぶの⁉」

「亜美、七里も、ここ以外行くところがないんだ」

潤おじさんに詰め寄っている亜美さんは、口を閉じ、私に向いて言った。

「……姪！　明日、夕飯作りなさいよ！」

私は口を開けず、亜美さんは鋭い視線で続ける。

「夕飯おいしかったらここに居てもいいけど、まずかったら出ていって！」

口を開いた潤おじさんより先に、私は「はい」と小さく返した。

「明日、お店休んであげるから、ちゃんと作らないと認めない！」

そう残し、亜美さんは潤おじさんを連れて出ていった。

静かになった部屋で大きく息を吐き、やっと身体の力を抜いたとき。

「七里ちゃん、何か、作戦あるの？」

「七里さん、先ほどはすみませんでした。大丈夫ですか？」

月城君と遊ちゃんが顔を見せ、私は口を開き、お腹の大きな音を部屋に響かせた。

※

二十分前、大きな空腹の音を聞かせてしまった私のために月城君が出前を頼んでくれた。

「七里ちゃんて、小さくて細いのに食欲旺盛なんだね」

月城君は、ちゃぶ台の上、プラスチックの丼とスープの容器を並べる。

「月城さん、そういう発言はセクハラですから、やめて下さい」

すっぴんでTシャツとジャージ姿の遊ちゃんが月城君を手伝い、ふたりに何もしないでいいと言われた私は手持ちぶさただ。

「セクハラじゃなくて、かわいいっていう意味で言ったんや」

「好きじゃない人にかわいいって言われても、女子は嬉しくないし、セクハラです」

「さすが、女装男子は女心が分かってんな」

「はい、売れないセクハラ漫才師よりは分かります」

「七里ちゃん、遊がいじめる」

「七里さん、馬鹿で売れないセクハラ漫才師はほっといて、食べましょう」

遊ちゃんに割った割り箸を渡され、月城君の号令で三人「いただきます」と言う。

「七里ちゃん、それが、出前してくれたお店の名物ポパイ丼だよ」

目の前に置かれた丼の蓋を取ると、月城君が教えてくれる。

「白いごはんの上、隙間なくのってるのはほうれん草と豚肉の細切れを炒《いた》めたものです、真ん中に落とされたマヨネーズを絡めてどうぞ、スープを入れてもおいしいですよ」

丼の説明をしてくれた遊ちゃんに、「セリフ取るなよ」と月城君が口をとがらせる。

ふたりのやりとりを見て顔が緩んだ私は、丼を持ち、箸をつけてひと口食べる。

「……おいしいっ！　こんなに……」

「ほうれん草の炒めものを、こんなにおいしいと思うことないですよね」

遊ちゃんが言うとおり、見た目より何倍もおいしくこってりとした味はごはんによく合い、白い濃厚な豚骨スープは丼のおいしさを引き立ててくれる。

「だから、俺のセリフ取るなよ」

「看板メニューのポパイ丼でなく、肉キムチ丼を頼むなんて、さすが肉食系売れない漫才師ですね。七里さん、そっちもおいしいですよ」

その言葉で、月城君がキムチとお肉が敷き詰められごはんが見えない丼をこちらに差し出してくれた。

「先輩たちがさ、今のうちに肉とか脂っこいもん好きなだけ食べろって言っててんや」

「いい加減にしとかないと、見た目しか取り柄がないのに崩れてしまいますよ」

月城君と遊ちゃんが仲よく喧嘩《けんか》している中、ひと口食べる。

こちらはがつんとした甘辛い味で、いかにも白いごはんが進みそうだ。

「……こっちもおいしい。温泉卵入れたら、おいしそう」

「七里ちゃん女の子やなあ。遊、俺、今日は豚骨ラーメンつけてないから」

私から丼を受け取り、月城君はにっと笑ってからかつかつと食べ始める。

男の子だなと感心し、私はスープを入れるのを忘れ自分の丼を平らげた。

「確かに、七里さん、見た目より食べますね」

スプーンでまだ半分も食べてない遊ちゃんが、スープをすべて飲み干した私に言う。

「遊、やっぱり足りへんから、お腹いっぱいならちょうだい」

「仕方ないですね」と遊ちゃんは丼を渡して、「ありがとう」と受け取りぱくぱく食べる月城君に、お茶のおかわりを注いであげる。

ふたりの微笑ましいやりとりを見ていると、

『夕飯おいしかったらここに居てもいいけど、まずかったら出ていって！』

亜美さんからの鋭い視線と言葉を思い返し、温かいお腹が冷えていく。

「七里ちゃん、さっき亜美ちゃんはああ言ってたけど、多数決で大丈夫だよ」

……シゲさんと月城君は、多分〝まほう〟を使えないのに、……どうして分かるの。

「もし、おいしくなかったとしても、俺、遊、望月さん、シゲさんで、四票だから」

そう言って、月城君は空になった丼を置き、ごくごくとお茶を飲み干す。

「亜美さんは、多数決でなんて言ってませんでしたよ」

「潤さんから言ってもらえば大丈夫やろ」

「そうして多数決で決まったとして、亜美さんの七里さんへの態度は変わりませんよ」

「それも、潤さんに頼めばいいやん」

「だから、それでは根本的な解決になりません。亜美さんは潤さんが大好きで、突然現れた七里さんを、姪だとしても潤さんに近づく自分の敵としか思っていません」

「亜美ちゃん、潤さんに近づく女は、れんげさん以外認めなかったからなあ」

ふたりがうんうんと頷き、私は、ここにきてやっと質問する。

「……あの、れんげさんはどこに居るのかな?」

「七里ちゃん、おいしいものを作って、ここに居られるよう頑張ろうね！」

私の問いに答えず、月城君が笑顔で言ったすぐあと。

「七里さん、れんげさんのこと知らないのに、ここに来たんですか」

こぼれ落ちそうなくらい、両目を大きくした遊ちゃんが言った。

「なるほど。亜美さん、何も知らない七里さんが潤さんを傷つけるかもって心配を……」

「遊、デザート食べたいだろ、買いに行くぞ」

腕を持って立たせた遊ちゃんを、月城君は強引に連れて部屋を出ていく。

聞きたいことが増えてしまった私は、ひとり部屋で片付けをしながら、思う。

……馬鹿な自分でも、今日一日で分かった。

……れんげ荘に、れんげさんが居ない。

十年前、逃げてきた私たちの事情から。

れんげさんは、他人の自分が居たら身内の話がしづらく、くつろげないだろうと気を使って居なかったことを、仙台に帰ってから母に聞いた。

十年後、今回は連絡もせず、突然私は逃げてきた。

『俺が、仙台から大阪に来た当初、……れんげに、働くよう言われたからだ』

……そう言った潤おじさんは、少しだけ、笑みを浮かべていた。

十年前、不在のれんげさんを語るときと、同じ表情だった。

……ふたりは仲のよい関係のままだろうに、どうして、れんげさんは居ないの？

入院、実家に帰っている、理由を考えながらちゃぶ台の上に額をつける。

「……それより、……私は、どうしたいの？」

自分に問いかけると、畳んだ布団のそばからバイヴ音が聞こえた。

近づくと、床の上の携帯が光り、彼氏の名前を映している。

私は床に座り、留守番電話に切り替わった携帯を手にし耳に当てる。

『今、どこに居ますか、連絡を下さい。今、七里の家のそばに居ます、会ってくれるまで通います』

声が終わり、リダイヤルボタンを押せない。

〝まほう〟の力で見てしまった彼氏の本音を思い返し、もう一度自分に問う。

「……私、……これから、どうしたいの？」

「七里ちゃんは、これから、ここに居たらいいよ」

閉じてしまっていた両目を開くと、目の前に月城君の笑顔があった。

「明日は頑張って下さい、僕は好き嫌いがありませんが量が食べれません」

月城君の隣にしゃがむ遊ちゃんが、両手を握って言ってくれる。

「ありがとう」と顔を歪《ゆが》め、ふたりが笑みを見せてくれたのに、泣きそうになった。

※

目が覚めると細い水の音が聞こえ、自分の答えが出ていた。

天井を見つめ、仙台から大阪のれんげ荘に来て三日目だと自分に確認する。

この部屋に時計はなく、枕元に置いている携帯の電源を入れるとすっかりお昼をまわっていた。

がばりと上半身を起こし、留守番電話などの通知をなぞらず立ち上がる。

シャワーを浴びようと思ったけれど、顔を洗って歯を磨き、髪の毛を結んで済ます。

部屋に戻り、昨晩、夕飯を食べたあとで遊ちゃんが渡してくれた袋を探る。

大きなふたつの袋の中、ひとつは、普段着とスニーカーに下着と靴下までサイズがぴったりなものが三セット。

もうひとつは、基礎化粧品に歯ブラシにシャンプーなど日用品が入っていた。

昨晩、遊ちゃんが用意してくれたのか聞くと違うと言われ、お金を拒否された。

着替え終え、今日会ったらお金を渡そうと思ったとき、扉が外から小さく叩かれる。

「お前、体調、悪いんじゃないのか」

扉を開くと、硬い顔をした潤おじさんが立っていた。

「……悪くないです。寝坊しただけです、ごめんな……」

「謝るのと敬語やめろ、疲れが出たんだろ。今日の夕飯どうするんだ、作るのか」

私は、両手をぐっと握って「作ります」と返す。

「……私、ここで暮らしたいんです。作らせて下さい」

はっきりと言い、腰を深く折って続ける。

「亜美さんに、みなさんに、ここに居てもいいって思われたいです」

……起きたら出ていた答えは、彼氏から逃げるためじゃなくてここで暮らしたい。

勝手だと自分でも思う私に、少しして「分かった」と返ってきた。

顔を上げると、目の前、昨日とは印象の違う背中が「買い物行くぞ」と言う。

袋に入っていたカーキ色のトートバッグを肩にかけ、待ってくれていた潤おじさんのうしろを、真新しいスニーカーで濡れた道路をついていく。

「おお、姪っ子ちゃん、来たんやな」

昨日お邪魔したスーパーの裏口から入り、事務所だろう部屋の中で、挨拶をする前にマスクと帽子を取った猪瀬さんから銀色のバットを差し出される。

「これ、新製品のコロッケなんやけど、食べて感想聞かせて」

私にひとつ渡し、自分もがしゅがしゅと食べる。

その猪瀬さんの姿を見てるだけで、コロッケがおいしそうに見えた。

「猪瀬さん、試食しすぎじゃないですか」

「まだ、四つ目や。それより、姪っ子ちゃん逃げ出さんでよかったな」

「なんで、逃げ出すんですか」

ふたつ目をかじり始めた猪瀬さんは私に向き、元から細い両目を更に線にする。

「潤君、緊張してるとき顔めっちゃ怖いって、知らんのやな」

潤おじさんは不服そうな顔をして、自分の表情を確かめるためにか、部屋の隅の姿見に近づいていった。

「七里ちゃん、今日から【れんげ荘のごはん】開けるん？」

「……いえ。開けるために、今日、おいしい夕飯を作らないとダメなんです」

「おお、ミスター味っ子みたいやな、味王は誰なん？」

私が首を傾げると、両目を少し開いた猪瀬さんが続ける。

「昨日ふたりでここ来たあと、潤君から七里ちゃんのことよろしくって電話きたんよ」

私は驚き、猪瀬さんはまたひとつコロッケをかじりながら言った。

「顔怖いけど潤おじさん悪い人じゃないから、逃げ出さんと仲よくしたってな」

「猪瀬さん、余計なことを言う口を閉じないと、今すぐ奥さんに電話します」

眉間にシワを寄せ更に怖い顔に見える潤おじさんが、いつの間にか戻ってきていて猪瀬さんの前に立つ。

「なっ、電話して、何言うんやっ」

「コロッケ六個試食して、コーラ飲んで、甘いもの食べてますって言います」

「堪忍してぇや、後生やで」

「じゃあ、今日は買い物少ないけど勉強して下さい」

話している関西弁の意味はよく分からないけれど、昨晩の月城君と遊ちゃんのように、猪瀬さんと仲よく喧嘩している潤おじさんの姿によかったと思う。

「分かった、潤君こっち来いや、七里ちゃんちょっとそこ座って待っといて」

猪瀬さんは、二リットルのコーラのボトルとお菓子の袋が散乱した机を指さす。

ふたりが出ていき、ひとりになった私は座らせてもらい、コロッケをかじった。

少し冷めた甘いコロッケは、何もかけてなくてもおいしい。

そういえば、月城君と食べたサンドウィッチのコロッケも甘かったと思い出す。

起きて初めての食事を終え、寝坊したぶん夕飯は頑張って作ろうと思う。

亜美さんに認めてもらえるようなものが作れるだろうか。

認めてもらえたとして、……これから、ここ、大阪で暮らしていけるかな……。

ぞくりと不安が全身に広がり、両目を閉じて、昨日のぼそりとした声を思い出す。


『……店をやらなくても、……仙台に戻りたくないなら、ここに居ればいい』


十年ぶりに会って、別人と思っていた潤おじさんがそう言ってくれた。

……十年前、何かあれば来ていいよって言われたときくらい……嬉しかった。

「おい、何、居眠りしてんだ」

瞼を開くと、目の前に段ボール箱を抱えた潤おじさんが居て、固まる。

「七里ちゃん、今日の夕飯対決、見に行きたいけど店番あるから勝利を祈っとくわ」

一緒に戻ってきた猪瀬さんに言われ、潤おじさんは事務所を出ていく。

「頑張ります」と頭を下げ、追いかけようとした私に猪瀬さんが続けた。

「潤君、れんげちゃんが居なくなって、変わったようで変わってないから安心しいや」

もう一度頭を下げ、事務所を出ると、もう見慣れてしまった背中があった。

「今日の献立、うちのやつら、亜美も好きな、豚汁とおにぎりにすればいい。豚汁の材料はあるから、おにぎりの具を買ってこい」

ぐるりと潤おじさんが振り返り、私は下を向いてしまう。

「おにぎりの具、シゲさんはなしで、遊は梅干し、望月さんとつきは肉系。亜美は、ドラマにハマってた影響で韓国《かんこく》料理が好きだから、考えろ。代金はここから出せ」

そう言って、どんな顔をしているか分からない潤おじさんは、私に黒い革の財布を差し出してくる。

「亜美が気に入らなかったときのために、仙台までの飛行機代残しとけ」

ひゅっと背中が冷たくなった私は、片手に大きな手で財布を握らされる。

多分、食材が入っているだろう段ボールを持って帰ってくれた背中を見送り、スーパーで買い物をしてれんげ荘へ戻ると、一階の【れんげ荘のごはん】のシャッターが開いていた。

「お邪魔します」と店の中に入ると、掃除機の柄を持つ潤おじさんが音を止める。

「店をやるなら二時までに猪瀬さんのスーパーに行って、六時の開店前に掃除だ。やり方教えるから、冷蔵庫に食材入れてこい」

言われたとおり冷蔵庫に食材を入れたあと、店の隅の掃除道具場所と掃除のやり方を教えてもらって掃除を終え、調理場に潤おじさんと入る。

渡してもらったエプロンをつけると、お腹が空いてないか聞かれ「大丈夫」と答える。

「つきと望月さんはよく食うから朝がごはんのときは半升な、うちの炊飯器はガスなのに保温も出来る」

二升炊きガス炊飯器の使い方を教えてもらい、一升半のお米をといでセットしたあと、「豚汁作ったことあるか」と聞かれる。

「何度か」と答え、ふたりで野菜の下ごしらえをしていく。

「姉さんの、手伝いで作ったのか」

「……うんっ、お母さんは、私に料理は作らせなかったから」

母は離婚したあと専業主婦から元の保育士に戻り、朝夕ごはんを必ず作ってくれた。

洗濯と掃除は任せてくれたけれど、料理は残業の日が続いても譲らなかった。

「じゃあ、どこで作ったんだ」

「専門学校の実習で、老人ホームの調理を担当させてもらったときに」

この春卒業した二年制の学校は、幼稚園や保育園だけでなく特別養護老人ホームでの実習があり、色々な場所での実習は大変だったけれどいい思い出しか残っていない。

「ホームでの人気メニューらしくて、おいしいって言ってもらえて、嬉しかった」

「向こうも、嬉しかったよ」

私は手を止め、潤おじさんが続ける。

「一生懸命に作ったら、何も言わなくても受け取り手は感じてくれるから」

「……あっ。潤おじさん、あのね……」

私は思い出し、背中越しにあるアイデアを提案する。

「いいんじゃないか。普段は年寄り扱いしたら怒るけど、お前なら喜ぶだろ」

そう言われ、緩みそうになった口を固く閉じ、食材の下ごしらえをふたりでする。

大根と人参《にんじん》は皮をむいて薄いイチョウ切りにし、ゴボウは包丁の背で皮をむいて提案した切り方をする。

一口大に切りお酒を振った豚バラと野菜たちを多めのごま油で炒め、お正月に神社で甘酒を振る舞うような大きい鍋に、具材と水を半分までの深さ入れ火にかける。

「関西人はダシの味がしないと文句を言うから、今までより多めにな」

鍋に、白だし、酒、みりんを目分量で潤おじさんが入れる。

「具材が柔らかくなったら火を消し、味噌《みそ》を入れて、出す直前に味を見たら終わり」

鍋に蓋をして後片付けをし、おにぎりの具材を用意しようとしたら休めと言われる。

「これに、豚汁の作り方と、他にも色々書いてある」

カウンターに座った私の前に、オレンジジュースを注いだグラスと角が丸くなった大学ノートを置き、エプロンを外しながら潤おじさんが言う。

「俺が教えるより、それを読んだほうが早い」

ノートの表紙には、【れんげ荘のごはんレシピ】とマジックで大きく書かれている。

「潤おじさん、これを書いたのは……れんげさん？」

「俺は夕飯まで部屋で仕事してるから、休憩してから残りの準備しろよ。時間が空いたらここのを使って部屋の掃除でもして、白蛇《しろへび》神社の向かいのコインランドリーで洗濯してこい」

重く感じる口でした質問の答えは聞けず、「はい」と下を向く。

「上手い夕食が出来たら、全部、教えてやるよ」

そう言い残して潤おじさんは出ていき、私は、はあっと大きな息を吐いたあと、呟く。

「……一生懸命に作ったら、……何も言わなくても受け取り手は感じてくれるから」

私は、ジュースを飲んでからすぐに準備へ取りかかり、終えたあと、掃除機と掃除用具を持って自分の部屋に入る。

使わせてもらっている六畳と水まわりが分かれた部屋は、トイレとお風呂が新しい。手入れがされていたからだろうすぐに掃除は終わり、まとめた洗濯物と財布が入った鞄を肩にかけ、掃除機を両腕に抱えて外へ出る。

「あれっ、七里ちゃん、何してんの？」

掃除機をしまって外に出ると居た、自転車を引く月城君に状況を話した。

「夕ごはん、何とかなりそう？」

返事をする前に、「なりそうだね」と明るい笑顔に言われ、顔を歪める。

「潤おじさんに、教えてもらいながら手伝ってもらったの、……ズルになる？」

月城君は「大丈夫」と言ってくれたあと、いつもと違う笑みを浮かべて続ける。

「亜美ちゃんは意地っ張りだけどいい子だから、これから仲よくしてあげてね」

返す前に、「楽しみにしてるね」と残して、月城君は自転車で去っていった。

亜美さん、おにぎりの具を気に入ってくれたらいいなと思い、私も出発する。

潤おじさんの言うとおり、神社から道を挟んだ向かい、青い軒下の下のガラス戸に書かれた『コインランドリー』の文字を見つけた。

店の中に入ると、洗濯機が片側の壁にずらりと並び、その前にベンチが並ぶ。

初めてのコインランドリーの店内は無人で、どうしたらと思ったとき肩を叩かれた。

「オドロイタね、すみませんだよ」

叫んでしまった私に、目の前に立った女性が続ける。

「センタク、ここでするのハジメて？　まず、センザイ、それからコインいれます」

浅黒い肌の小さな顔の中、大きな丸い両目が印象的な女性が教えてくれ、振動している洗濯機を前に青いベンチへ並んで座る。

「ワタシ、パキスタンからナカザキにきてサンネンです、あなたはハジメて見ました」

「私は、宮城《みやぎ》県仙台市から三日前に来ました」

「センダイ、どのあたりですか」

「えーと、北海道《ほっかいどう》と海を挟んで日本の本州の青森《あおもり》があって、その下が仙台です」

「コンド、チズをもってくるのでオシエてください。ジコショウカイおくれました、ワタシ、タラとイいます、パキスタンでホシのことです」

「私は、阿部七里と言います。日本語お上手ですね」

「ワタシは、エキちかくでレストランしてウエにスンでます、アナタはどこですか」

「この近くで、れんげ荘というところに住んでます」

「れんげ荘！」と、タラは元から大きな目を開いて、大きく言い。

「れんげ荘、スンデいるんですか、……そう、ですか」

長いまつげを伏せ、明らかに低くなったテンションで続けた。

「……れんげ荘、スーラジがイなくなって、イチネンタチましたね」

「スーラジ？」と聞いた私に、タラは小さくゆっくりと答えを教えてくれる。

「スーラジは、パキスタンでおヒサマのことです、レンゲさんのことです」

私は、どくんと、左胸から大きく音が鳴ったのが分かった。

「れんげ荘、レンゲさんがイたトキ、とてもアタタかいところでした」

タラが一旦口を閉じ、どくどくと自分の心臓の音がうるさい。


『上手い夕食が出来たら、全部、教えてやるよ』


先ほどの潤おじさんの言葉が聞こえてきて、口を開く前。

「レンゲさん、イチネンマエ、ナクなってカナしい」

聞こえた言葉に、私は頭が真っ白になり、本当に悲しそうな顔でタラが続けた。

「ジブンのセイだと、ジュンさんは、オソウシキでイってました。ジュンさんは、レンゲさんをとてもアイシテ、ふたりはとてもアイシアッてました」

※

「……ん、……七里ちゃん！」

「……えっ？」

「危ないよっ！　コンロの火、切って！」

「……えっ、……きゃあっ！」

気がつくと、目の前、しゅんしゅんとやかんの口から熱湯が噴き出ていた。

火を切り、カウンター越しの月城君を振り返らず、「大丈夫」と返す。

「どうしたの？　緊張してる？」

今、私は洗濯を終えてれんげ荘に戻り、【れんげ荘のごはん】の厨房に立っている。

準備は万全で、もうすぐ夕飯をみんなに食べてもらう。

「緊張してるの？　それともさっき、タラに聞いたこと気にしてる？」

驚き、ゆっくり振り返ると、テーブルにお箸を並べてくれる背中が続ける。

「さっきまでJR大阪駅とれんげ荘の間を二回往復してたんだけど、二度目に駅へ向かってる途中、タラに呼び止められたんだ。タラは家族ごとここの常連だったから色々聞かれて、七里ちゃんが店を開けてくれるの嬉しいって言ってた」

私がタラから聞いて、疑問に思ったことを問う前に月城君が言った。

「れんげさんが一年前に亡くなったこと、ここのみんな、意地悪で黙ってたんじゃない」

私に向き、私の心を読んでいるような月城君は、明るい声色のまま続ける。

「まだ一年で、亡くなった現実を受け止められてなくて、話したくないんだよ」

浮かべている笑みを不自然には思わないけれど、「月城君も？」と思わず言葉がもれてしまう。

「俺はみんなと違うよ、自分のために、話すタイミングをうかがってただけ」

言葉の意味は分からず、口を開けない私の隣に月城君が立つ。

「七里ちゃんこそ、どうして親戚なのに知らなかったの？」

「……お母さんが教えてくれなくて。……潤おじさんとは連絡を禁止されてたし」

隣を見ずに答え、「なんで禁止されてたの？」と言われ「分からない」と答える。

十年前、仙台に帰ってから母にきつく言われて、〝まほう〟を使うぐらいダメな理由は教えてもらえなかった。

「七里ちゃん、どうして、潤さんが教えてくれなかったか分かる？」

月城君の声で現実に戻り、彼の温度がとても近いの気づく。

「……それは、……れんげさんをとても愛して、……口にするのが悲しいから」

「違うよ。潤さんは、自分が殺したって思ってるから、かわいい姪の七里ちゃんに言えなかったんだ」

隣を向くと、鼻と鼻がくっつきそうになった。

「……潤おじさん、……そう、お葬式のときに言ってたの、……どうして？」

言葉を吐きながら後ずさる私に、月城君は距離を縮めてくる。

「今日の夕飯のあと、本人が教えてくれるんちゃうの」

笑みを浮かべる月城君が、とても、楽しそうに見えたとき。

「おいエロガキ、七里さんに手を出したら、れんげ荘から追い出すで」

いつもと違う、乱暴で低い声が聞こえてきた。

「シゲさん、七里ちゃん怯えてるから、昔に戻るのやめたほうがいいですよ」

「七里さん、大丈夫ですよ、私は女子供に甘いですから」

月城君が私から離れ、カウンター越しのシゲさんに振り向いた私は、驚く。

「七里ちゃん、お茶は俺がやるから、そろそろ亜美ちゃんのから握ってあげて」

「なんや、なんでお前がしきっとるんや」

「シゲさん、今日の格好どうしたの？　悪い人と会合があったとか？」

「失礼なことを言うな、一年ぶりの【れんげ荘のごはん】やから、気合を入れたんや」

「マフィアの幹部かどっかの組の組長に見えるから、七里ちゃん怯えてるよ」

「それどっちも同じようなもんや。七里さん、怖いですか、格好よくはないでしょうか」

紺色の生地に細い白線が入ったスリーピースのスーツで、胸元に赤いハンカチを入れている、映画俳優みたいなシゲさんに私は「格好いいです」と少しだけ嘘を言った。

シゲさんは笑顔を見せ、六人掛けの一番奥の席に着く。

「七里ちゃん、大丈夫だから、落ち着いて作ってね」

つい先ほどまでと雰囲気の違う月城君に「はい」と返し、私も切り替えようと思った。

……今は、……おいしい夕飯を一生懸命作ることに集中しよう。

私は入念に手を洗って、透明なビニール手袋をつけおにぎりを握り始める。

炊き立ての白米の甘い匂いをかぎながら、熱さを我慢して両手を動かす。

「なんで、そんなに、形がばらばらなのよ！」

夢中で握っていた私は、高い声に顔を上げる。

「亜美ちゃん、お腹空いてるからってかりかりしない、もう出来るからみんなにお茶配って待ってて」

湯呑《ゆの》みがのった盆を渡され、「なんで私が」と亜美さんが言いながらも向かう六人掛けテーブルに、いつの間にか皆がそろっている。

奥にはシゲさんと遊ちゃん、いつの間に来ていたのか望月さん。

手前に潤おじさんと亜美さんが座り、顔が見えなくてよかったと思ってしまう。

月城君が、おにぎりのお皿、小口切りした小ねぎを散らした豚汁のお椀《わん》に、ほうれん草の小鉢を皆の前に置いてくれ。

「本当だ、みんな、形が違いますね」

遊ちゃんが言った言葉に、望月さんがこくこくと頷く。

「七里は、俺たちを調理場から見てろ」

振り向かず声を掛けてきた潤おじさんに、「はい」と返すと。

「じゃあ、みなさんいただきましょうか」

シゲさんの声に、「いただきます」と言ったみんなが箸を取る。

「おいしくなかったら、明日出ていってよ！」

そう言ってからお椀を左手に持ってすすり、亜美さんは動きを止める。

私は、気になってしまい、彼女の様子が見える位置にカウンター内で動く。

「おいしいでしょ、いつもみたいに七味入れなよ」

月城君の言葉を無視した亜美さんは、椀を置き、目の前のお皿に箸を伸ばす。

韓国海苔《のり》で巻いた俵形のおにぎりが三つのっている。

亜美さんは形のいい口でひとつ食べ終えると、席を立ち、こちらに向かってきた。

カウンターを挟んでいるけれど、正面に立たれ、私ははごくんと喉を鳴らす。

鋭い視線に口を開く前に、亜美さんが整った顔を近づけ、私の耳元で小さく言った。

「……なんで、私の好物知ってるのよ。ここのみんなにも言ってないのに」

甘い、いい匂いをさせる彼女が離れ、私は驚き、小さく返す。

「……韓国料理が、好きなのは聞きました。……チャンジャの具のおにぎりにしたのは、前に食べたことがあっておいしかったから」

チャンジャは魚の内臓のキムチで、韓国の塩辛だと教えてくれたのは母だ。

受け持っていた園児のお母さんに韓国の方がいて、手作りのチャンジャをもらい、おススメの食べ方だとおにぎりを作ってくれたことがあり。

韓国海苔で包んで食べると、びっくりするぐらいおいしかった。

残念ながら仙台の近所のスーパーでチャンジャは売っていなくて、猪瀬さんのスーパーで見つけて、亜美さんが韓国料理が好きならと決めた。

「ずるい、絶対私のほうが好きなのに、初めて食べた！」

そう言って頬を膨《ふく》らました亜美さんに、私は、とても驚き、……かわいいと思う。

「おいしいけど臭いが気になるから、潤兄がいないとき、また作ってくれるなら……」

とても小さい「居てもいい」という言葉に、「はい！」と大きく返事をする。

「孝弘！　私のお皿、こっちに持ってきて！」

隣に潤おじさんが居るからだろう、臭いを気にさせて悪かったなと思う。

「おーい、お兄ちゃんを呼び捨てすんなって」

そう言いながら、笑顔の月城君は亜美さんの皿をカウンターに持ってくる。

「おい、売れない変態漫才師、豚汁のお代わりを持ってきなさい」

「ちょっと、俺、従業員じゃないんだけど」

「七里さん、味はもちろんおいしくて、ごぼうが細切りになっていて食べやすい」

「ありがとうございます！」と嬉しさから大きく、笑んでいるシゲさんに返した。

……提案してよかった、……気に入ってもらえたみたいだ。

研修でお世話になった老人ホームで豚汁を作るとき、風味を出すために土付きごぼうを使い、歯が弱い方たちにお出しするので細切りにすることを教えてもらった。

「七里さん、望月さんが、おにぎりのお代わり欲しいって言ってるよ」

「私も、望月さんの食べているものをお願いします」

ジャージ姿でお化粧をしていない遊ちゃんが、元から大きな目を更に開く。

「シゲさん、大丈夫ですか？　お代わり、初めて見ました」

「小さい塩握りやったから、大丈夫。遊、今日はたくさん食べて偉いなあ」

シゲさんのシワが刻まれた手で頭をなでられ、私には見せない、子供の顔を遊ちゃんはしている。

「ちょっと！　ぼうっとせずに、私も、望月さんと同じおにぎりとお茶のお代わり！」

「ほら、肉巻きおにぎりは、多めに作っておいてよかったでしょ」

月城君がみんなの皿を渡してくれ、笑顔で言う。

シゲさんは、白米好きと聞いて小さめの三角の塩むすびふたつ。

遊ちゃんは、食が細いだろうから亜美さんのより小さい俵に好物の梅干し入り。

月城君と望月さんは好物がお肉ということで、肉巻きおにぎりを用意していた。

肉巻きおにぎりは保育園の給食で人気のメニュー、私も大好きでレシピを覚えた。

小さなひと口大に握ったごはんを、冷めてから豚バラの薄切りで巻く。

フライパンに油を敷き、肉にまんべんなく火が通るよう油を拭きながら焼き。

全体が焼けたら、しょう油、みりん、酒、砂糖を合わせた調味料とごまをフライパンに入れ、転がし絡ませて焼く。

調味料は焼き肉のタレだけでも簡単においしく出来る、甘辛い味のお肉に肉汁が染み込んだごはんがとても合うおにぎりは、れんげ荘のみんなにも好評を得た。

多めに作っておいたのに全部なくなり、炊飯器のごはん、豚汁も綺麗になくなった。

「亜美、七里はここに住んでもいいか」

みんなが食べ終わったあと、潤おじさんがカウンターの亜美さんに振り返り言った。

「仕方なしよ！」と亜美さんは席を立ち、臭いを気にしてかすぐに出ていった。

「七里さん、来週から、ここでのごはんを楽しみにしてますね」

シゲさんが席を立ち、眠そうな遊ちゃんと一緒にお店を出る。

そのあと、「おいしかったです」と小さく残して、望月さんが出ていった。

「つき、お前、手伝わなくていい」

「へいへい、じゃあ七里ちゃん、また明日ね」

重ねた皿をカウンターに置いて、にっと笑った月城君が出たあと、すぐ。

とても静かになった店内で聞かれ、「はい、暮らしたいです」と下を向いて答える。

「七里、お前、ここで暮らしたいのか」

「じゃあ、来週の月曜は朝の七時にここに来い。これから、居たいだけ居て、戻りたいときに戻ればいい、ただ」

潤おじさんは席を立ち、カウンターを挟んで、顔を上げられない私の正面に立った。

「俺は、ここに居させてやるしか出来ない、お前を救えない」

先ほどまでのみんなの様子に、私はぽかぽか温かくなっていた。

そんな温度を、潤おじさんは一瞬で下げてしまった。

「今日は片付けはいいから、明日からに備えて寝ろ」

大きな手がこちらに伸びてきて、ぐっと両目を閉じる。

「れんげは、一年前、俺が殺した」

私の頭を柔らかくなで、手を離した潤おじさんが続けた。

「だから、今の俺は、お前に頼られるような人間じゃない」

首をもたげ、ゆっくり瞼を開けると、十年ぶりに見る表情があった。

目の前の笑顔は、私の胸を苦しいぐらいしめつけ。

視線を外すと目に入った、まったく手がつけられていない潤おじさんのお皿は、私の口をとても苦くした。

第三話　【れんげ荘のごはん】看板メニュー

キャベツ入りミンチカツ

みんなに認めてもらい、土日を挟んで本格的に始まったれんげ荘での生活は、なかなかハードだった。

朝、六時半に起き、シャワーを浴びて身支度をする。

七時十分前には、【れんげ荘のごはん】のシャッターを片方だけ開けて入る。

前日にセットしたごはんが炊けているのを確認し、掃除機をかけたあと、朝食の用意を始めるとみんなが集まり出す。

毎日、最初に入ってくるのは、「おはようございます」を聞き逃しそうな望月さん。

次は、上着とベストがなく、きちんとノリが効いたシャツ姿で新聞を持つシゲさんと、連れられて三つ編みですっぴん、変わった柄のTシャツとジャージの遊ちゃん。

最後に、月城君と亜美さん、眠そうなふたりを連れた潤おじさんが入ってくる。

みんながそろうとテーブルを隅に寄せ、ラジカセで音を流し、ラジオ体操第一を始める。

前に立つ望月さんに合わせて身体を動かしたあと、直したテーブルで朝食が始まる。

パンとごはんは交互に、土日は夕飯と同じようになし。

そして、月城君の希望で、どちらのときもひとりひとりに合わせた卵料理を出す。

「……ねえ、パンの日、トーストばっかりであきるんだけど、……パンケーキとか、作れないの？」

深夜十二時過ぎに戻り、朝食後もう一度寝る亜美さんは、寝ぼけていても亜美さん。

「亜美ちゃん、じゃあ、ハムエッグ食べてあげる」

「……ちょっと！　私の！　この馬鹿漫才師！」

寝ぼけながらも仲よく喧嘩する亜美さんと月城君の姿は、見ていてとてもなごむ。

「ごちそうさまでした。みなさん、今日も一日頑張りましょう。遊、ヨーグルトだけでも食べなさい」

シゲさんと半分寝ている遊ちゃんのやりとりも、見ていてとてもいい。

「ごちそうさまでした」と小さく言い、綺麗に食べたお皿をカウンターに置き、誰よりも早く来て誰よりも早く出る望月さんの姿は清々《すがすが》しい。

そして、朝ごはんのときに、潤おじさんの初めての姿を見ることになった。

「俺も、潤さんが、ここまで朝が苦手って知らなかったわ。前はごはんを作ってくれてたから、こんなことなかったし」

月城君も私と同じように驚き、亜美さんは「かわいい」とじゃれる。

潤おじさんはとても朝が苦手なようで、ふたりを連れてきてラジオ体操をし席に着いた途端、ぶつんと電源が切れ、両目を開いて、寝ている。

みんなが出ていき、朝食の後片付けを終え、肩に触れるとやっとまばたきを始める。

そんな潤おじさんを、一日目はシゲさん以外のみんなで心配した。

寝ているだけだと分かり、二日目はアイマスクをしてあげた。

三日目からは、みんな、私もほうっておいて食卓を囲んだ。

潤おじさんは起きてから「寝てない」と必ず言う。そしてもちろん手をつけていない朝食は、パンのときはサンドウィッチに、ごはんのときはおにぎりにして私は渡すようにした。

潤おじさんが出てから、店内にモップをかけ、調理場に水を流してブラシでこする。朝の掃除を終えて、火の元と冷蔵庫の残りを確認してから、店を出て部屋に戻る。

れんげ荘は三階建てで、各階に三つ部屋がある造りだ。

一階が【れんげ荘のごはん】、潤おじさん、私の部屋。

二階が、シゲさんと遊ちゃん、ひとつ間を置いて、望月さん。

三階が、月城君、ふたつが亜美さんの部屋になっている。

身支度を整えたあと二階の部屋を訪ね、九時半頃シゲさんと遊ちゃんと一緒に私は自転車を押して出発する。

向かうのは、れんげ荘から歩いて十五分のシゲさんのお店だ。

阪急梅田駅からすぐ、東西と南北に通る六つの商店会を総称して『阪急東通商店街』、通称『東通り』と呼ばれる大きい商店街の裏道にお店はある。

『東通り』は、商店街というよりは飲食店街で、通りの奥に行くほどお酒を提供するお店になり、夜ひとりでは絶対歩いてはいけないとシゲさんにきつく言われた。

潤おじさんが連れていってくれた塩ラーメン屋さんの近く、アーケードを離れてすぐのビルとビルの間、人がひとり通れるぐらいの道に面した一階。

【質】と一文字の大きくない看板が玄関の軒先にぶら下がり、縦格子の扉の横は小さなショウウィンドウになっていて、達筆な文字が書かれた紙が貼ってある。

『欲しい商品がありましたら、売りたいものがありましたら、お気軽にインターフォンを押してください』

店主のシゲさんが墨で書いた文字は、この辺りの地理の説明のようにとても上手だ。

初めてお店に連れてきてもらった月曜日。

地理の説明をしてくれたあと、シゲさんは私に、平日の朝食後から午後二時までここで働いてくれませんかと頼んできた。

私は了承して、お店の中を案内してもらい、ここでのお仕事を教えてもらった。

「お客様が来たら、いらっしゃいませを言わず目を合わせず、すぐに中に案内して下さい」

れんげ荘での生活が本格的に始まって三日目の水曜日。

開店した軒先を掃いていると現れた、品のいい香りをまとい和服を着た初老の女性を、言われたとおりに案内した。

お店の中に入ると三畳ほどの土間があり、黒く光る床の上ちょうど真ん中に、私の胸の高さのショウケースが横に伸びている。

ケースの中には、宝石、ネクタイピン、カメラなど、値札はなく二段棚に並ぶ。

ショウケースの左には、虎が描かれた丈の高い屏風《びょうぶ》が置かれ、その向こうには、濃い赤茶色で凝った細工がされた、中国製だろうと思われるテーブルセット。

屏風越しに「こちらへ」とシゲさんの声が聞こえ、女性は屏風の奥へと入る。

「七里さん、熱い玉露をお客様にお願いします」

顔が見えないシゲさんにそう言われ、土間から高さのある畳の間に上がった。

二畳ほどの広さに低い長机が置かれ、その上に問題集を広げ、座布団に座りふりふりした洋服の遊ちゃんが眉間にシワを寄せ解いている。

そばを通ると「僕も下さい」と言われ、「了解」と返し、トイレの右の階段を上がる。

二階は、台所と、ソファがぽつんと置かれた三畳ほどのフローリングの部屋。

三階は、お店の倉庫で、扉に厳重に鍵がかけられているのを見せてもらった。

台所で倉庫には何があるのだろうと想像しながらお茶を入れ、お盆を手に降りる。

遊ちゃんに湯呑みを渡し、靴をはいて、「失礼します」と屏風の中に入った。

女性が奥に手前にシゲさんが座り、来客用の蓋と茶托《ちゃたく》がついた湯呑みを、ふたりの前のテーブルの上に緊張しながら置く。

「シゲさん、また、子供を引きとったの」

女性は大きな緑色の石の指輪をした片手で蓋を取り、片手をそえて湯呑みを持つ。

「この子は潤の姪っ子でお手伝いをしに来てくれてるんです、余計な詮索はなしで」

名前を言って頭を下げた私は、テーブルの上の輝きに目がとまった。

黒い布の上、女性がつけているような大きな石がついた指輪が数個置かれている。

「よく出来ていて綺麗でしょう、欲しかったら、シゲさんからもらいなさい」

用件はもう済んでいたのか、湯呑みを空けてから女性は立ち、「じゃあ、また」と店を静かに出ていった。

「七里さん、欲しいですか」

呆気にとられていると、シゲさんにそう聞かれ、ぶんぶんと首を左右に振る。

老眼鏡を掛けているシゲさんは「よかった」と言い、お茶をすすってから続ける。

「先ほどの女性は同業者でね、最近、このような偽物を持ってくるお客様がいるから、気をつけろと教えに来てくれたんです。こういう精巧な偽物は、年々驚くほど本物に近づいてるから、私たちプロでも騙されるときがある」

私は、偽物と言われても分からない輝きを見つめる。

「本物と見分けがつかなくても、偽物を身につけてはいけません」

「どうしてか分かりますか？」と聞かれ、考え込んでいると、答えを教えてくれた。

「本物かもしれないと思い込み、本物だと思うようになるからです」

シゲさんは湯呑みを置き、指輪の光を黒い布で包んで消した。

「七里さん、あなたはこの布の中に入っているモノが偽物だと知っている。その上で、これが本物だと言う人に、偽物ですよと言うとどうなるか知ってますか」

考える前に、「怒るんですよ」とシゲさんが答えを言う。

「嘘つきは、嘘を見抜かれ指摘されるのがとても嫌いですから、気を付けて下さい」

笑みを浮かべたシゲさんは、「でもね」と言ったあとで続ける。

「好きな人が嘘をついているのが分かったら、その嘘を指摘して怒らせてやればいいんですよ」

私はシゲさんの言葉を頭で反すうし、少ししてから返した。

「……好きな人に、……怒られるのは、嫌ですよ」

「怒られたら、怒り返せばいいんです、嘘をついたほうが悪いんですから」

私はとても驚き、シゲさんは目尻のシワを深くした。

※

シゲさんのお店が始まる午前十一時を少し過ぎて、シゲさんぐらいのお歳で柔らかい雰囲気をまとう、遊ちゃんの家庭教師の先生が訪れる。

先生はお客様が入ってくるのに構わず、大きく、小さくもない声で指導し、正午まで一時間、ご自宅に戻る昼休憩一時間を挟んで午後は一時間授業を三つするらしい。

お昼休憩に、私はシゲさんが頼んでくれる出前を遊ちゃんと三人で食べる。

そのあと二階で休憩を一時間もらい、二時過ぎには自転車で十分のスーパーに着く。

「今日は鶏肉のももが安いから、から揚げにしたらええわ」

スーパーの店長さんである、いつも笑顔の猪瀬さんからメニューの提案をしてもらい、相談しながら食材を頼み会計伝票を出してもらう。

「今日も、四時までにちゃんと運んどくな。そうや、嫁さんのせいでお店行けへんで、ごめんな」

多分、かなり安く仕入れをさせてもらっているのに、配達までしてもらっている猪瀬さんに「いつでもどうぞ」と返す。

「潤君のせいやで、嫁に色々チクるから……あ、そういや、ここ数日荷物受け取ってもらうたびにやつれてんねけど、あいつメシ食ってる？」

「えっ」ともらすと鞄の中の携帯が震え、ぺこりと頭を下げて外に出る。

『七里ちゃん、今、どこ？　すぐに、こっち来られる？』

月城君の声に、スーパーに居ると返すと『すぐに来て』と通話を切られる。

私は、猪瀬さんに挨拶したあと、スーパーから十分ほどの北新地まで急ぐ。

本通りで一番端のビル、二階の【MimiLapin】に着くとシャッターが上がっていた。

「……あのっ、何か、……ありましたかっ？」

小走りで店に入り、息が切れている私の両肩を、笑顔の月城君が両手でつかんだ。

「めちゃくちゃすごいから、早く食べて！」

ひとり掛けのソファに座らされると、目の前の小さなテーブルに、肉厚で大きな手が琥珀色のグラスとお皿を置いてくれる。

「……望月さん、ありがとうございます」

このお店の主でパティシエの望月さんは、スプーンを置いてささっと厨房に戻る。

平日の午前中は、毎日スポーツジムでトレーニングをしているらしく、ガラス越しにもりっとした両肩が見える。

「望月さん、七里ちゃんがおいしくないと、そのケーキ店頭に出さないって」

そんなことは絶対にないだろう、目の前のケーキに向く。

艶のある赤い半円で頂上に金粉がのっているケーキは、大人っぽくシンプルな姿がとても魅力的に見え、どんな味だろうとスプーンを伸ばす。

ひと口すくうと中身は真っ白で、柔らかさに驚く。口に入れて、また驚く。

味わう前に消えてしまったので、二口目は慎重に味わった。

「外側はアメリカンチェリーのジュレ、……中のムースはレモン……ライムだ！」

味の正体が分かり、私はまたひと口。

普通、こういうムースケーキは土台にビスケットやスポンジが敷かれ、中にもジュレが忍ばせてあることが多い。

このケーキは、舌の上ですぐに消えてしまうムースとそれを包むジュレ、ふたつの味だけで出来ているけれど物足りなさを感じない。

濃いふたつの果実の味と他にはない食感を、ずっと味わっていたい。

味を引き立てるお酒のいい香りを感じながら、年齢だけだけれど、私は大人になってよかったなとしみじみ思いながら食べる。

「……外側はしっかり甘くて酸っぱさが控えめで、中はかなり酸っぱくて、……どうして、こんなにすぐ舌の上で消えちゃうんだろう？」

「七里ちゃん食レポ上手やね、固まる限界ぎりぎりのムースにするの、かなり苦労したらしいよ。すごいの、食感だけかな？」

「そんなことない！　めちゃくちゃおいしくて、絶対に人気商品になる！」

「見た目も、お酒を使ってる味もかなり大人向けだけど、北新地では受けそうだよね」

そう言った月城君に、私はぶんぶんと首を縦に振る。

【MimiLapin】の営業時間は、午後五時から午後十一時。

北新地は夕方から始まり、朝まで大人が遊ぶ街だと月城君に教えてもらった。

望月さんの作る繊細で綺麗なケーキを売るには、とても適した街だと思う。

「七里ちゃん、望月さん、すごく喜んでるよ」

笑みを浮かべる月城君が、ショウケースの奥ガラス越しの調理場を指さす。

両手で顔を隠しているけれど、望月さんのつるりとした頭部と両耳は真っ赤だ。

「七里ちゃんにほめられたから、新作大丈夫だね」

「そんな、私なんかが……」

「そういうこと言ったらダメだよ、【れんげ荘のごはん】の店主なんだから」

ぐっと口を閉じると、月城君が続けた。

「二日終えただけでメニューがふたつしかなくても、ちゃんと自覚しないと」

笑みを浮かべる月城君は、とても心に刺さることを言う。

「……メニュー、増やすよう頑張る」

「潤さんが、当分はふたつでいいって言ってんでしょ」

そう言って首を傾げる月城君は、意地悪な顔をしているように見えた。

「……昨日、お客様にも言われたから」

「お客様っていっても近所のじいちゃんばあちゃんで、基本ワガママだから、前はメニューが沢山あったって言われても、気にすることないよ」

気にしていたことを話してもいないのに、知っていた月城君が笑顔で続ける。

「れんげさんが【れんげ荘のごはん】に戻ることは、二度とないんだから」

私は、何も返せないまま、今日は試食だけでいいと言われてお店をあとにした。

……ダメだ、……今から、一日最後の、一番大事なお仕事が始まるのに……。

ぶんぶんと頭を振り両手で頬を何回か叩いてから、自転車でれんげ荘に戻る。

私は望月さんのお店のお手伝いをしたあと、四時までにはれんげ荘に戻って【れんげ荘のごはん】の準備に取り掛かり、六時に開店する。

三時半に店へ入ると、薄い暗がりの中で人の気配がした。

「……っ！　潤おじさん!?」

床に仰向けで転がる潤おじさんに近づくと、潤おじさんはばちりと両目を開けて立ち上がり、すたすたと扉に向かう。

「……今日のから揚げ、カウンターにある素をふりかけて揚げろ」

止まってくれた背中が、こちらに振り返らずに続ける。

「あと、おにぎり定食の具、ひとつは手作りでもいいがもうひとつは出来合いにしろ。ワンコインなんだ、猪瀬さんが勉強してくれても、コスト下げないと採算取れないぞ」

今、私が開いている【れんげ荘のごはん】は、五百円のメニューがふたつだけ。

猪瀬さんおススメの食材を使う本日のおまかせ定食と、豚汁とふたつのおにぎりに漬物のおにぎり定食。

……二日前、【れんげ荘のごはん】を開店する、数時間前に決めたメニューのままだ。

一昨日の月曜日、朝ごはんの片付けを終えたあと。

シゲさんに東通りのお店へ連れていってもらい、お仕事の話が済んでから、私は自転車を渡された。

地図も渡され、大阪市北区役所に行くよう言われた。

十分ほどで大きくて広い扇町公園《おうぎまちこうえん》に着き、テレビ局が入った十三階建ての大きくて派手なビルの隣、六階建てで落ち着いた雰囲気の区役所に着いた。

建物に入るとすぐ潤おじさんに声を掛けられ、シゲさんからここで何をするか聞いていなかった私は、「待ってろ」と言われソファに座っていた。

窓口で話をしていた潤おじさんに「行くぞ」と言われ、役所をあとにする。

一緒にれんげ荘に戻ると、【れんげ荘のごはん】を今日から開けることを聞かされた。

営業主変更の手続きを、一年前、自分に変更されていたから営業が出来る。

そう言われ、頭に浮かんだことは質問せず、一緒に準備を始めた。

潤おじさんが手伝ってくれたけれど、一日目はばたばたと始まった。

初めてのお客様は、紫ではなく、金色のジャージを着た柴田のおじいちゃん。

次に、コインランドリーで会ったタラが三人の子供と一緒に。

遊ちゃんに水をかけた牧村温泉のおばあちゃんと、中学生男子のお孫さん。

潤おじさんに親しげに話し掛ける、私の知らないおじいさんとおばあさんたち。

焦りっぱなしの私と正反対に、店内には和やかでゆったりした時間が流れた。

潤おじさんが「今日は九時閉店です」と言い、井戸端会議をしていた人たちが帰る。

眠って起きない牧村温泉のおばあちゃんを背負い、お孫さんが最後に出ていった。

「もっと落ち着いて、明日からは、ひとりで十一時までやれよ」

やっと息を大きく吐いた私に、そう言って潤おじさんは店から出ていった。

入れ替わりにシゲさんと遊ちゃんが入ってきて、今日の日替わり生姜焼き定食を出した。

「おいしい」の言葉をもらい、ほっとしていると、月城君たち三人がお店に入ってきた。

月城君は大きく「うまい」と言い、望月さんは小さく「おいしい」と言ってくれた。

亜美さんは、「まあまあ」と言いながらも全部を平らげてくれた。

みんなの食事が終わり、後片付けと掃除をして、自分の部屋に戻ったのは深夜十二時。

シャワーだけ浴び、床に寝転がってから、お昼から何も食べてないのを思い出す。

望月さんが「残りものですが」と渡してくれたケーキが冷蔵庫にある。

けれど、私は意識を手放し、とても長く短い【れんげ荘】の初日を終えた。

※

から揚げ定食の翌日、シゲさんがお昼をタラのお店へ頼んでくれた。

コインランドリーで出会ったタラは、中崎町駅近くで旦那さんとインド料理店を切り盛りし、昼時は自転車で出前もしている。

「ナナリー、アナタ、ハタラきすぎじゃないのか」

「お子さんが居る、タラさんに比べれば、全然ですよ」

タラの店は午前十一時から午後十時まで、それに家事と育児は大変だろうと思う。

「コドモは、カッテに、イキてるのよ」

そう言いながらも、子供たちと居るときのタラは優しいお母さんの顔になっている。

「ナナリー、ココのアトモチヅキさんのところイって、ヨルはごハンツクッてんだろ」

「はい、お昼ごはんのあと、ここで、お昼寝させてもらってるんで大丈夫」

お昼ごはんを食べたあと一時間、二階でひとりくつろがせてもらっている。

悪いと断ったけれど、作業効率を上げるために必要だとシゲさんに押し切られた。

私はソファに座るとすぐ意識を失い、セットしたアラームで起きる。

シゲさんの言うとおり、すっきりとした頭と身体で夜まで働ける。

「ナナリー、タダばたらき、ダメ、ゼッタイだよ！」

「お昼ごはん代に光熱費を払ってもらって、家具と家電に、お化粧品やお洋服までもらってますよ」

「ソウなのか。ソノフクもか。シゲさん、センスいいね」

今日はゆったりとした麻の長袖ワンピースに、スキニージーンズを合わせている。

「選んだのは私ではないです、資金を出したのも。さあ、タラさん、もうそろそろお店に帰りなさい」

それが誰か聞く前に、シゲさんはタラさんとともにお店を出ていく。

「七里さん、すみません、僕からは言えません」

問題集の代わりに、焼きたてのナンとカレーを並べた長机を挟んでいる遊ちゃんが、

「冷めますよ」と続け、私は一緒に食べ始める。

「七里さん、今夜の日替り定食は、何にするんですか？」

「ごめん、柴田のおじいちゃんのリクエストで、……カレーなの」

「大丈夫ですよ、でも、明日の朝はカレーは遠慮していいですか」

「ごめんね」と言い、オレンジ色で粘りのあるカレーをナンにつけて食べる。

バターの風味とココナッツの甘さがスパイスの刺激を包んでくれ、コクのあるカレ

ーのおいしさが口いっぱいに広がる。

手のひら三つぶんの大きさなナンは、外はカリカリ中はふわふわで、程よい甘みがカレーとよく合う。

そして、カレーの中にはひと口大のふっくらしたタンドリーチキンがゴロゴロ入っていて、ナンにカレーをつける手とともにスプーンですくう動作が止まらない。

「七里さん、いつも、とてもおいしそうにごはんを食べますよね」

どんなときも、ほとんど表情が変わらない遊ちゃんに言われ、少し恥ずかしくなった。

「その顔をされたら、ごはんを食べさせるの楽しいでしょうね」

お母さん、幼なじみの親友にも同じことを言われたことがある。

「うちの住人、僕筆頭に表情が乏しいので、食べさせがいがないですよね」

「そんなことないよ、亜美さん、いつもひと口目すごくかわいい顔を……」

『何見てんのよ！』と言う亜美さんの顔を思い出し、他のみんなを思い返す。

『おいしいです』と静かに素早く終え、いつもと同じ柔和な顔をしているシゲさん。

『七里ちゃんが作ったってだけで、おいしいよ』と言ってがっつく、いつも笑顔の月城君に、日が暮れても真っ黒のサングラスを外さず、私の三倍食べる望月さん。

「……遊ちゃん、……潤おじさんて、ごはんどうしてるのかな」

一週間、一緒に暮らしてるのに、れんげ荘で食べているところを見たことがないと気づいた。

「分かりません、七里さんが来る前は朝食作ってくれていましたけど、自分は食べていませんでした」

大きなナンと戦っている遊ちゃんに、「夕飯は」と聞く前に、一年【れんげ荘のごはん】を閉めていたのを思い出す。

「……部屋で、ひとりで食べてるのかな」

「どうなんでしょう、誰も潤さんの部屋に入ったことなくて、亜美さんもいつも拒否をされてるみたいです」

「……一年以上前は、……みんなでごはん食べてたんだよね？」

「僕が住み始めたのが二年前で、半年は一緒に食べてました」

……れんげさんが亡くなる半年前から、……一年半、ひとりで食べてるのかな。

「七里さん、一昨日、シゲさんが話した宝石の話覚えてますか？」

止まっていた手のスプーンをカレーのお皿に置き、私は少ししてから答える。

「……偽物と知ってる私が、偽物って言ったら、……怒られる」

「そうです、シゲさんは怒り返したらって言ってましたけど、難しいですよね」

食べても落ちない、遊ちゃんの赤く艶のある唇が小さく動き続ける。

「真実をなんらかの理由で隠したいから、嘘をつく。嘘を指摘するということは、隠していてもバレてるぞと、喧嘩を売っているのと同じです」

難しい内容の話に、私は必死についていく。

「シゲさんのようにとても強い大人なら怒り返せますが、僕のような弱い人間には無理です。自分が怒らせた相手と対峙《たいじ》するなんて、恐ろしすぎます。謝って逃げるが勝ちです」

一週間前、怒らせてはいないけれど彼氏に対峙せずに逃げたことを思い出し、温かいお腹が冷えていく。

「逃げると目を背けるは違う、逃げた先に未来はあるけれど、目を背けたまま生きていくことは出来ない。そう僕の好きな小説に書いてありました、うろ覚えですが」

「……遊ちゃん、どういう意味か分かる？」

「物理的問題ではないでしょうか、対象から距離を取るのが逃げる、対象と距離を取らないのが目を背ける」

七歳も下の遊ちゃんに教えてもらい、分かった。

……私は、彼氏から逃げて、……叔父さんから目を背けているのだ。

「恐ろしいのに、対象から逃げず目を背けているのは、どこかで、恐ろしくなくなるのを期待しているからです。相手が変わってくれると、期待しているからなんです」

遊ちゃんの言葉に、がんっと頭を殴られた気がした。

「残念なことに、自分の思うとおりに相手が変わることなんてありませんから、自分が変わるしかありません。だから、僕は、母親が帰ってくるのをあきらめました」

どう返したらいいか迷っていると、

「遊、おしゃべりばかりしてないで、もう少し食べなさい」

静かに戻ってきたシゲさんに、ほっと息を吐く。

そのあとお昼ごはんに味は感じられなかった。

そして休憩後、スーパーに寄り、北新地に向かう。

今日は小雨が降っていて、さっきシゲさんにもらったカッパを脱いでビルの階段を上がり、二階の一番奥のシャッターが半分閉まったお店に入る。

「こんにちは」と声を掛けると、望月さんは「貸して」とカッパを持って出ていく。

月城君の姿が見えず、朝の眠たそうな顔を思い出したとき、「きゃあっ！」と声を大きく上げてしまう。

「ごめん、そんな驚くと思わなくて。今日、こっちきて大丈夫なの？」

気配なく、私をうしろから抱いた月城君に、振り向くと言われ、首を傾げる。

「あれっ、今日、カレーなんでしょ？　あと三時間もないけど、作るの間に合うの？」

「えっ、カレーって、そんなに時間をかけるもの？」

ふたりで顔を見合わせると、望月さんが戻ってきた。

「望月さん、カレーって、時間がかかるもんだよね？」

「望月さん、カレーって、三十分くらいで出来るものですよね？」

私たちの質問に腕を組み首を傾げ、望月さんは「時と場合による」と小さく答える。

「七里ちゃん、どんなカレーを作る気なの？」

「タラさんのところみたいな本格的なものじゃなくて、普通のだよ」

「じゃあ、どんなの作るのか、教えてくれない？」

私は母に習った普通のカレーの作り方を答え、月城君は「なるほど」と両目を大きくし、望月さんはうんうんと頷いた。

「七里ちゃんと俺の普通が違うんだ、仙台はそういう文化なのかな」

「……じゃあ、私が作ろうとしているカレーは、こっちでは普通じゃないの？」

月城君の答えの前に、私の携帯が着信を知らせた。

『おい、今日はカレーじゃないのか？』

月城君と同じようなセリフを言い、潤おじさんがいつもよりも低い声で続けた。

『何でカレーでこの材料なんだよ、すぐに帰ってこい』

通話がぶつりと切れ、私は全身の温度が下がるのを感じた。

※

望月さんが非常階段の踊り場に干してくれ、ほんの少し軽くなったカッパを着てとても重い気持ちで帰り、半分シャッターが閉まった【れんげ荘のごはん】に入る。

「……ごめんなさい。潤おじさん、私、普通のカレーを知らな……きゃあっ！」

薄暗い中、昨日のように、床へ倒れていた潤おじさんはがばりと立ち上がり。

「大丈夫だ」と背中を向けられ、ちりっと首が熱くなる。

「……おじさんの、嘘つき！」

大きく、口から思ったことがもれて、止まらない。

「大丈夫じゃないでしょ！　ごはん、ちゃんと、食べてないんでしょ!?」

一週間しか経ってないのに、幅が薄くなり顔色が悪くなったのが分かる。

そんな潤おじさんがこちらに向き、じいっと私の顔を見たあと、ぷっと噴き出す。

「……本当に、七里は、十年前と全然変わらないな」

返す前に、目の前の表情に驚く。

「金髪にとか、すっかり変わって、金の無心や何かの勧誘に来られたほうがよかった」

れんげ荘に来てから、一番柔らかい顔に口を開けない。

「変わらないお前に、今の俺を見られてるのは、きつい。かなり」

手を伸ばせば触れられる距離に居る。

なのに、さっき電話越しに聞いた怒れる声や気配のほうが、近くに感じる。

「……きついって、迷惑ってことだよね。……私、ここを出ていったほうがいい？」

「きついのは、お前のせいじゃなくて俺のせいだよ、出ていく必要ない」

そう、すぐに返してくれ、潤おじさんは私の頭を柔らかくなでる。

「俺、すぐにシャワー浴びてくるから、その間にキャベツのみじん切りしとけ」

私から手を離し、顔と声を戻した潤おじさんは出ていった。

ひとりになり、今、自分が感じている気持ちに戸惑う。

……子供のときと、同じ対応をしてくれたのに……なんで。

十年前、潤おじさんはとても優しくて、私を甘えさせてくれた。

情けないけれど、そうして欲しくてここに来たはずなのに、あまり嬉しくない。

……嬉しいより、……不安を感じるのは、どうしてだろう……。

そう思ったところで、私は、ぱんっと両手で両頬を叩く。

今は、仕込みをしなければと、厨房に入りエプロンをつける。

うしろ手で腰の紐《ひも》を結ぶとしゃんとし、研修中もそうだったなと思いながら手を入念に洗い、冷蔵庫を開く。

普通じゃないカレーのための材料が並ぶ中から、サラダにする予定のお買い得だったキャベツを取り出す。

二つを真ん中のステンレス台へ、まな板の上にひとつ置く。

半分に切り、しゃくしゃくと縦に細く細く切っていく。

一個半の千切りが終わり、刻んだキャベツは塊のときの倍ほどの量に見えると思ったとき。

「千切りは一個半でやめとけよ、半分は今から使う、残りの一個は明日に使え」

厨房に入ってきてエプロンをつける潤おじさんに、私は、小さく口を開く。

「……ひとりで、大丈夫ですから」

「敬語いいから。ひとりで、出来そうに見えないから手伝うんだろうが」

私は返せず、手を洗った潤おじさんが、ふたつのボウルに大きな両手でキャベツを移しながら「言いすぎた、ごめん」と言った。

「こっちのノリで会話してた、仙台の人間にはきついって、忘れてた」

流しにボウルを持っていく、いつもと違う潤おじさんの背中に返せない。

「俺が居たのいつまでだ、……二十年前だから、大昔だな」

ぶつぶつ言いながら、潤おじさんは流しで作業する。

「大学の四年間と、卒業して三年東京に居たの引いて、……大阪来て十三年か。七里、俺の名字覚えてたか？」

「……覚えてるよ、……すごく、珍しいから」

潤おじさんがこちらに振り向き、作業台を片付けている体で下を向いたまま答えた。

「まあな、普通にハンコ売ってんの見たことない」

「……すごく強そうで、忘れてないよ」

「やっぱり、十年前と同じこと言うんだな」

まな板と包丁に玉ねぎを調理台の上に置き、潤おじさんは私の隣に並ぶ。

「キャベツ半玉と玉ねぎ三つみじん切りにして、一番大きなボウルに入れる」

「……普通のカレーには、キャベツを入れるの？」

「入れない、そういや、なんで普通のカレーを知らない？」

玉ねぎの皮をむき始めた隣を見ないよう、キャベツのみじん切りをしながら返す。

「……おじさん、普通のカレーってどんなの？」

「給食で出てくるやつだ、多分、七里のいう普通のカレーはドライカレーだ」

「……給食、食べたことない」

「はあ？　今まで、一度もか？」

小学校から高校まで一貫の女子校で学び、お昼はお弁当だったと説明する。

「……あっ、テレビのＣＭで、違うカレー見たことあるかも」

「そうだ、あれが、世間一般の普通のカレーだ」

「……あのカレー、お母さんが嫌いって言ってた」

「そうだった」と潤おじさんは両手を止める。

「カレーのとき、輝子《てるこ》さんが二種類作るの、びっくりしたからな」

祖母を名前で呼んだことに、驚いた。

私が三歳のときに亡くなった祖母のことを聞こうとし、やめる。

多分、居なくなった人のことを、あまり聞いて欲しくないだろうから。

……俺が殺したって、言ったとき……これ以上聞くなって態度だった。

「姉さん、子供のころは普通のカレーが食べられたって、輝子さんに聞いたな」

頭の中がぐるぐるしている私に気づいてないだろう、潤おじさんが続ける。

「すごい好きで、食べすぎて、お腹壊してから嫌いになったんだと。姉さん、これって決めたら突っ走るから、そういうところ七里も同じだな」

私は手を止め、顔を向けると、潤おじさんは作業しながら言った。

「鞄ひとつで仙台から大阪には、なかなか来られないからな」

「……ごめんなさい。……ここに、逃げてきて」

まな板の上に視線を戻すと、少しして聞こえた。

「逃げるのは、誰かに助けを求めることは悪いことじゃないって、十三年前教えてもらった。俺が初めて大阪に来たのは、自分の会社の副社長を問いつめるためだった」

誰に教えてもらったか聞く前に、玉ねぎをみじん切りにしながら潤おじさんは話し始め、私も手を動かして聞く。

「忘れてるだろうが、俺は、今もゲーム開発の仕事をしてる」

十年前、管理人の仕事の合間に作っていることを話してくれ、私がもう少し大きくなったら、離れていても通信でゲームをしようねと約束してくれたのを覚えている。

「大学で同じ専攻だった同級生で、会社を作った大学二年のときから、副社長として補佐をしてくれてた」

私は、私と同じ歳で会社を作ったのに驚いたけれど、潤おじさんは何ごともないかのように手を動かしながら続ける。

「卒業してから三年、在学中と合わせて五年も仕事をともにしていたのに、俺はあいつのことを何も分かっていなかった。だから、裏切られた」

私は口を開けないままキャベツのみじん切りが終わり、玉ねぎのみじん切りを手伝って、冷蔵庫から食材と調味料を出すよう言われる。

ひき肉、パン粉、卵、マヨネーズ、ソース、塩、コショウを、潤おじさんが綺麗に片付けてくれたステンレス台の上に並べる。

「ひき肉三百グラムに対してパン粉は一カップ、卵は一個、ハンバーグのときも同じ」

玉ねぎとキャベツが入ったボウルに教えてくれた三倍の量を入れ、マヨネーズとソースを加え塩、コショウを振ってから、潤おじさんはビニールの手袋をして混ぜ始める。

「野菜が入ってるから食べやすくて、肉を節約出来るんだと」

見た目はハンバーグのたねを、ボウルの中で平手で四分の一、八分の一にする。

「ケーキを切り分けるみたいに、こうすると、均一な量を取ることが出来る」

ワンピースを、更にボウルの中で四分の一ずつ横に分ける。

衣の用意を私に頼み、潤おじさんは分けたたねを両手で丸めて平らにする。

小麦粉、溶き卵、パン粉、それぞれ銀色のバットに入れたものを作業台の上に置く。

「天ぷらと違って、フライは大体二百度の高温で揚げるだけだから、大雑把《おおざっぱ》な自分にぴったりと言っていた」

私は、手袋をつけた手でたねに衣をつけながら、思う。

……私に教えてくれていることは、……れんげさんから教えてもらったことだろう。

私は無言で両手を動かし、潤おじさんも加わって、ふたりで三十二個を完成させる。

「付け合わせは千切りキャベツとマカロニサラダが一番合う、肝心なのは、注文が入ってから揚げて、すぐに出すこと。それが、今作ったミンチカツの最大のコツらしい。

仙台や東京ではメンチカツだが、関西ではミンチカツって呼ぶんだと」

「……たくさん、教えてもらったんだね」

てしまった。

まだどんな味か分からない『ミンチカツ』を冷蔵庫に入れ、私はそう小さくもらし

「俺は、大阪に来るまで料理をしたことがなかった。ここで目玉焼き焼いて、ボヤ騒ぎになるぐらいだったから」

ゆっくり振り向き、調理台を片付けている姿にほっと息を吐き、驚く。

「教えるの大変だったはずなのに、すごく楽しそうだったな、あいつ」

私を見ていない顔は、知らない表情を浮かべている。

「飯は炊いてるから、七里はおにぎり用の豚汁と味噌汁作れ、俺はサラダを作るから」

首をもたげ、表情の変わった潤おじさんの顔に、「はい」と狭くなっている喉から返す。

それから会話なくふたりで調理をしながら、私は潤おじさんがしてくれた話と語っていたときの表情を思う。

……潤おじさん、タラが言うとおり、……すごく、愛してたんだろうな。

潤おじさんは、普段は見せないとても嬉しそうな顔でれんげさんを語る。

なのに、どうして殺したなんて言うのと思ったとき。

「うわっ、なんや、なんで今日は潤がおるん」

出入り口から聞こえた声で現実に戻り、壁の時計が六時を指してるのに気づく。

「柴田さんが、セクハラしないか見張るためです」

「うわっ、こっわあ、俺そんなんせんやんなあ七里ちゃん」

今日はオレンジ色のジャージ姿で、いつものカウンターの一番奥に座った柴田のおじいちゃんは、お冷やを置いた私の手を握り潤おじさんにぎろりとにらまれ離す。

「七里ちゃん、昨日、リクエストしたカレー頼むわ」

「……すみません、……私のせいで、日替わりはカレーじゃなくなったんです」

「柴田さん、久しぶりなんで味の保証は出来ませんが、ミンチカツですよ」

潤おじさんの声で下げた頭を上げると、正面から明るい声が聞こえた。

「おおっ、やった！　はよう揚げてくれや！」

柴田のおじいちゃんは子供のような笑顔を浮かべ、私はガス台に向かう。

たっぷり油を入れた鍋を強火で温め、温度計が二百度を指してからふたつ落とす。

ぱちぱちと雨のような音が鍋から聞こえ、フライ独特の香ばしい匂いが香り出した。

「うわっ、たまらんなこの匂い。なあ、潤、ビール置いてないんやんな」

「ない、ここは、純粋な定食屋ですから」

「うわっ、ここは、純定食屋かいな。潤がやってるだけに」

背後の会話に、なるほどこれがこちらの会話かと思いながら、用意をする。

「うわっ、きたきた、潤、ソース！」

千切りキャベツとマカロニサラダにミンチカツを盛り付けた皿と、ごはんに味噌汁を目の前に置く。

「そんな焦らなくても、誰も取りませんよ」

「取られるんやなくて、生きがええから逃げてしまうわ」

「確かに」と潤おじさんはにやりと笑い、とんかつソースを渡す。

大阪ではウスターソースをあまり使わないと教わっていた私は、湯気が上がるミンチカツにどばっとソースがかかりさっくり箸が入ると同時、大きなお腹の音を店内に響かせた。

「なんや、ふたりとも、そんな腹減ってるなら一緒に食べようや」

顔が熱くなった私へ柴田のおじいちゃんが言い、「食べろ」と潤おじさんが言う。

「いつもひとりで飯食ってる寂しい老人に、たまには付き合ってえな」

にひゃりと笑んだ柴田のおじいちゃんが言ってくれ、私は自分のぶんを用意する。

……お腹の音、私のだけじゃなかった、……潤おじさんは、いいのかな。

「俺は、もう、たくさん食べたから、気にせずに食べろ」

揚げたてのミンチカツだけのせたお皿を渡そうとすると言われ、待ってくれた柴田のおじいちゃんに急かされ、カウンターを挟んで「いただきます」と言い合い立って食べる。

ソースは勉強のためあとからという理性だけ残して、箸でひと口分ける。

さくっ、ふわの感触のあと、じゅわっと肉汁が出てたまらず口に入れる。

熱くて、香ばしくて、はふはふとすぐに飲み込んでしまった。

次はひと口に分けず、そのままを箸で持ち上げてかじると、肉汁に野菜の甘味が口いっぱいに広がりサクサクの衣の食感と相性がよすぎる。

「七里ちゃん、ほんま、おいしそうに食べるなあ」

ぺろりとひとつ、すぐに平らげた私に、にこにこと笑う柴田のおじいちゃんが言う。

「店再開して、毎日七里ちゃんのかわいい顔見られるから、おっちゃん元気出てるわ」

「七里、とんかつソースをかけたのも試せ、あとふたつは食べろ」

「おい、口説いてんの邪魔すんなや」

にらまれた柴田のおじいちゃんは口を閉じ、私はいそいそコンロに向かう。

実は、私は今日初めてミンチカツを食べた。

仙台でメンチカツの名を目にしたことはあるけれど、食べたことがなく。

作っているときは、ハンバーグを揚げた食べ物になるのかと思っていた。

食べると全然違うもので、衣に閉じ込められているからか肉汁が逃げず、ふわふわでぎゅっとした味なのかもと、めちゃくちゃおいしいミンチカツを三つ揚げながら思う。

「潤、よかったなあ、七里ちゃんみたいなかわいい子がれんげ荘に来てくれて」

「そうですね、これで、俺は心おきなくここを去ることが出来ます」

そう聞こえ、振り向くと、小さな笑みを浮かべた潤おじさんの顔がこちらを向いていた。

「七里、【れんげ荘】の看板メニューちゃんと覚えておけよ、今度作るときはひとりなんだから」

第四話　みんなで作る玉ねぎとろとろコロッケ

仙台から大阪に来て十日、今日は二度目の土曜日。

「ねえ、ぼーっと黙ってないで、何か話しなさいよ」

早朝から起きていることにキャパオーバーしている私は、先ほどからぐつぐつと煮える真っ赤な鍋を挟み、亜美さんににらまれている。

「……何を、お話ししたらいいでしょうか？」

今日、日が暮れたのに気づかず暗い部屋に居た私を、亜美さんが訪ねてきた。

暇なら付き合ってと言われ、韓国料理屋さんに連れてきてもらった。

猪瀬さんのスーパーから大通りを挟んで、ファッションホテルが多数建ち雑居ビルがひしめく場所にお店はあり、この辺りは兎我野町だと亜美さんが教えてくれた。

「何かって、最近あった、嬉しかったこととか」

「……今、亜美さんにごはんに連れてきてもらって、嬉しいです」

思ったままを言うと、亜美さんはぷいと横を向いて言った。

「……っか、じゃないの。……そんな嘘つかなくても、ここぐらいおごるわよ！」

「……そんなのいいです。部屋から連れ出してもらって、こっちがごちそうしなきゃですよ。……あのまま、ひとりで部屋に居たら、……泣いてましたから」

私は、また思ったままを言い、赤い鍋を見つめながら今日起きたことを思い返した。

※

仙台から大阪に来たのが、先週水曜日の深夜。

れんげ荘のみんなと顔を合わせたのが木曜日、認めてもらった金曜日。

土曜日は起きたら夕方で、シゲさんと遊ちゃんに誘われて梅田地下街でお好み焼きを食べ、おいしさに驚いた。

日曜日は午前中に掃除と洗濯をし、日用品を買いにと出たところで月城君に会い、都島通り沿いの量販店に連れていってもらったけれど、夕飯の誘いは断った。

月曜日に【れんげ荘のごはん】を開店し、本格的にれんげ荘での生活が始まったのが火曜日。

朝の七時から夜の十二時まで働き、お風呂に入りお布団に寝転ぶと朝の六時半。

そんな慌ただしい平日に慣れてしまい、二度目の土曜日はなんにもないと思った。

朝ごはんの用意はいらず、シゲさんのお店と望月さんのお店に【れんげ荘のごはん】は定休日なのに、六時半に目が覚めたので【れんげ荘のごはん】に向かう。

掃除をしたあと、とても広く感じるお店の中、ひとりで朝ごはんを食べて片付けた。

みんな寝ているだろうから部屋の掃除はあとに、コインランドリーへ向かう。

厚い雲の下、日差しがないのに、こちらに来た十日前に比べ温かくなったと感じる。

ロングカーディガンを脱ぎ、長袖パーカーとスキニージーンズで道を進む。

降っていないけれど雨の匂いが強くする、辺りの緑の色が濃くなった狭い道を進み、左に見えた神社で足を止める。

低い鳥居をくぐり、数歩で向拝所に着き賽銭箱に五十円を入れる。

五円ではなく五十円なのは、ご縁が十倍あるようゲン担ぎが出来るからだ。

二度お辞儀をしてから、両手を合わせて日頃のお礼を言う。

氏名と住所を言ってから願いごとをという手順も、全て月城君に教えてもらった。

もう一度頭を下げて神社を出たあと、コインランドリーに着く。朝七時から開いているところがあってよかったと思う。

洗濯機に洗い物を入れたあと、持ってきた洗剤を入れ、お金を入れて洗濯を開始。

使い方を教えてくれたタラの姿はなく、ごうんごうんと洗濯機の音が店内に響く。

ベンチに座り、開け放している扉の向こうの道をぼんやり眺める。

土曜日だからか人と車の姿は見えない。世界に、ひとりのように思えてくる。

……今更、……私は、ずっとひとりだ、……〝まほう〟のせいで。

知っているのは母だけで、実の父さえも知らない。

母は、どうして、父親に言わないよう私に言ったんだろう。

答えが出る前に洗濯が終わったことを知らせる音が聞こえ、洗濯機から乾燥機へ湿った服を入れ、硬貨を入れて蓋をしてからベンチに戻る。

……私が〝まほう〟を使ってしまった彼氏は、……どうしているんだろう……。

突然思い、先週から今日まで十日間、彼氏をほうっていたことにとても驚く。

「おい、乾燥、終わってるぞ」

聞こえてきた低い声で現実へ戻り、目の前に立つ姿に固まってしまう。

「七里、明日、何か用事はあるか」

木曜日、ミンチカツを一緒に作って、昨日、金曜日は姿を見なかった潤おじさんに口を開けず首を左右に振る。

「じゃあ、明日、十二時にれんげ荘を出れるよう、用意しとけ」

そう言って、すたすたと出ていかれ、私はまた質問をすることが出来なかった。

『そうですね、これで、俺は心おきなくここを去ることが出来ます』

……ここを去るって、……れんげ荘から居なくなるって、ことだよね。

私はコインランドリーを出て、潤おじさんのことを考えながられんげ荘へ戻る。

『俺は、ここに居させてやるしか出来ない、お前を救えない』

……そう言った潤おじさんのそばに居て、……私は、気づいたことがある。

「七里、久しぶり」

そう声を掛けられて現実に戻り、驚く。

少し先にれんげ荘が見え、近い正面に彼氏が立っていたからだ。

両目を閉じて、開くと、消えなかった彼氏が口を開く。

「驚かしてごめん。連絡、全然取ってくれないから、東京から夜行バスで今朝着いた」

私は、トートバッグの持ち手をぎゅっと持つと、震えが止まった。

強く、大きな、彼氏の熱い手に包まれたからだ。

「七里、お願い、少しだけ話を聞いてくれ」

「……ごめんなさい、……こんな遠くまで来てもらって、……でも……」

「話を聞いてくれたら帰るから、こっち向いてくれ」

「……分かりました、……手を、離して下さい」

彼氏の手が離れ、私は下げてしまった顔を上げる。

ほとんど表情を見せない人だったのに、今、とても苦しそうな顔をしていた。

とても狭くなった喉で「こっち」と言い、遊ちゃんと通った公園に連れていく。

「七里、俺が、悪かった」

もう花が咲き始めた藤棚の下、ベンチに座る前に彼氏ががばりと頭を下げてくる。

「叔父さんのことで大変だったのに、プロポーズしてごめん」

彼氏は眉間にシワを寄せた顔を上げて、続ける。

「あの日、俺と出かけるより、大阪に行きたかったんだよな。連絡がつかないからホテルで聞いたんだ、叔父さんの容態大丈夫か」

私は一瞬戸惑ったものの、小さくあいまいに頷いた。

れんげ荘のみんなに認めてもらった日、私は仙台のバイト先のホテルに電話をした。大阪にしばらく居るので復帰出来ないことを伝えると、叔父さんの看病頑張れと言われ、私は訂正をせずに電話を切ってしまったのだ。

……大阪に来た本当の理由を、……彼氏と、〝まほう〟のことを話せなかったから。

「……あの、……どうして、私がここに居るって分かったんですか？」

支配人には本当の理由とともに、れんげ荘の住所は教えていない。

「以前、大阪に叔父さんが居て、れんげ荘っていうアパートの管理をしてる話をしてくれたの覚えてた。すごく、嬉しそうに話してたから」

話したことを忘れていた私は、言葉に驚き、彼氏は真剣な顔で続ける。

「ごめん、相談ごとも出来ないくらい頼りなくて。でも、俺、やっぱり七里をあきらめられなくて、けじめをつけてきたんだ」

私をまっすぐ見つめ、彼氏は続ける。

「それどころじゃなかったと思うけど、俺が店を開きたいって話、覚えてるか？　話した物件、……俺の父親が所有してるんだ」

彼氏は眉間のシワを深くして、お父さんの話を始めた。

「七里と付き合い始めたくらいに、久しぶりに会いにきて、自分の持つ物件を借りて店をやらないかと言ってきた。……どの面下げてって、思った」

言葉を重ねるたびに、目の前の顔と声は硬くなっていく。

「父親は、俺が小学生のときに家を出て、別の家庭を作ったんだ。母さんはろくに養育費をもらえずに、苦労して俺を育ててくれた」

私は、彼氏に、両親が離婚した詳しい事情を話していない。

彼氏は家族の話をしたことがなかったけれど、似たような父を持っていたのを今知った。

「最近、株で失敗したらしくて、まとまった金が欲しいから店を買わないかと言ってきた。無視すればよかったのに、……俺は、復讐《ふくしゅう》してやろうと思った」

聞いていると胸がとても苦しくなる声が小さくなって、続いた。

「店を買って、結婚して、……俺は、あんたに捨てられたけど、幸せになったって見せつけたかった」

「……私に、プロポーズしたのは、……お金のためだけじゃなかったんですね」

「……七里？　……俺の父親、七里に会いに行ったのか⁉」

彼氏につめ寄られ、私はぶんぶんと首を左右に振る。

「あのくそ親父、……ふたりで、すぐにまとまった金を出せないかと言ってきたんだ。店の話の前に近況を聞かれて、七里のことを話してしまったんだ、ごめんな」

私が〝まほう〟で見てしまった光景は、彼氏と彼氏のお父さんとの会話だった。

「付き合い始めたばかりだけど、結婚を考えてると言ったから、色々聞いてくるんだと思った、……俺が馬鹿だった」

そして、裏切られて、傷ついていたのは彼氏のほうだった。

「親父に腹が立った気持ちに後押しされたけれど、近々ホテルを辞めて独立することを考えていたし、七里にちゃんと言おうと思ってた」

彼氏は、一旦口を閉じてから、はっきりと言った。

「七里が好きで、これからずっと一緒に居たい」

まっすぐな瞳と言葉に、少しして、とても頬が熱くなる。

「だから、ちゃんと話をしようと思って、もう一度プロポーズをしに来たんだ」

力が抜けた片手を握られ、拒否の言葉を取り出せない私に彼氏が続ける。

「昨日、東京に居る親父に、あんたの店はいらない、自分で見つけると言ってきた。

ホテルは辞めたけれど、すぐに店をやる準備を始める。だから、俺と、結婚して下さい」

強く手を握られているけれど、〝まほう〟の世界は見えず、口を開けないでいたとき。

「おはようございます。七里さん」

うしろから聞こえた声にびくりと全身震え、「七里、誰？」と彼氏が聞いてくる。

「私は、七里さんの叔父が管理するアパートの住人のひとりです。あなたは？」

「俺は、七里さんとお付き合いさせて頂いていて、結婚を申し込んでました」

ポロシャツとスラックス姿のシゲさんに、彼氏はきっぱりと言う。

「なるほど、お取込み中すみませんが、緊急事態なので七里さんを連れていっていいでしょうか」

「叔父さんのことですか」と、私から手を離した彼氏がシゲさんに言う。

「よくご存じですね。そのとおりですので、七里さん行きましょうか」

呆気にとられている私の肩を持ち、「行きましょう」とシゲさんがうながす。

「……シゲさん、……あのっ……」

「潤が入院していると嘘をついているの、バレないほうがよいのでは」

シゲさんにそう小声で言われ私は、彼氏に「今日中に連絡します」と言って公園をあとにし、れんげ荘とは別方向にシゲさんと進む。

「七里さん、先ほど、潤がれんげ荘をしばらく離れると言ってきました」

言葉に足を止めると、シゲさんが私から手を離す。

「とりあえず、緊急会議です、潤にはれんげ荘に居てもらわないといけませんから」

「……一昨日、……潤おじさんは、私が居るから心おきなく去れるって言ってました」

「七里さん、潤から、去る理由を聞いてないんですよね」

「ごめんなさい」と返すと、シゲさんは大きく息を吐いてから話し始める。

「今年三月に入ってすぐ、【れんげ荘のごはん】を取り壊すと潤が言い出したんです。私は考え直すよう言っていて、七里さんが現れ、任せることを提案しました」

シゲさんは珍しく眉間にシワを寄せ、静かだけれどよく通る声で続ける。

「任せられると判断したから、去るという行動に出るとは思いませんでした。多分、七里さんが厨房に立っている姿を見ているのが、きついのでしょう」

潤おじさんが自ら言っていたことに、シゲさんが答えを教えてくれる。

「潤は、れんげちゃんが急逝したのは、自分のせいだと思い込んでいます。だから、厨房に立っている七里さんを見ていると、当時のれんげさんを思い出してしまって、きつく、つらいので逃げたいのでは」

言葉に殴られたようで、私は頭が痛み出す。

「七里さん、お願いします、れんげちゃんの最後のお願いを叶《かな》えてあげて下さい」

そう言って、頭を下げてきたシゲさんに、戸惑いながらも「どうしたら」と聞いた。

そして、シゲさんから答えを聞いて、とても後悔した。

して欲しいと言われたことはとても重く、聞いただけで疲れ、私は部屋に戻ってすぐ床で気を失うように眠ってしまった。

※

「……り、……七里！」

はっと気づくと、向かいに、美しく整った亜美さんの顔が見えた。

「両目を開いたまま寝るの、あんたの家系の血なの？　ほら、食べなさいよ！」

テレビや雑誌から抜け出たような女の子、亜美さんが鍋を取り分けたお椀を差し出してくれ、CMのワンシーンみたいだなと思い、受け取ってから気づく。

「……亜美さん、さっき、私の名前呼んでくれましたよね？」

「は？　それが、どうしたの？」

「いただきます」とお椀に箸を伸ばした亜美さんに、私は顔を歪めて言う。

「初めて、名前呼んでくれたから、嬉しいです」

「いただきます」と言い、私も箸を伸ばす。

見るからに辛そうな赤いスープに、キャベツ、もやし、ニラ、人参、野菜がたくさんと、ホルモンといわれる内臓の肉がくたりと煮えている。

真っ赤に染まったもやしを口にすると、スープの辛さが襲ってきたあと、深いダシとにんにくの味が広がる。

「亜美さん、おいしいです……、……大丈夫ですか？」

「何が！」と、箸を置いて亜美さんが叫ぶ。

「お酒飲んでませんよね、熱いですか？」

「飲んでないけど、なんで、そんなこと言うのよ！」

亜美さんがウーロン茶をストローで吸い、「お顔が、とても赤いので」と返す。

手鏡を取り出した亜美さんは「お手洗い！」と立ち、掘りごたつになっている座敷を降り、バッグを片手にお店の奥へ向かう。

「……亜美さん、食べ物のアレルギーで、お顔が赤くなったんですか？」

ファンデーションを塗ったんだろう、白い顔で戻ってきた亜美さんを見て、思い出す。

研修中、幼稚園で一度だけそんな現場に立ち会ったことがあった。

おやつの時間、アレルギーを持つ子どもが、アレルギーのない子のおやつを食べてしまい、アナフィラキシーの症状である発疹《ほっしん》が顔に出て搬送されることになった。

子供は何をするか分からないので、ちゃんと目をやっておかないといけないと、命に関わることなのでみんな厳重に注意をされた。

「ここ、連れてきたのは私。アレルギーじゃなくて、……皮膚が薄いから、辛いものとか熱いの食べると赤くなりやすいの」

私はほっと息を吐き、亜美さんは呆《あき》れた顔で続ける。

「あんたさ、よくそんな無防備な感じで、二十年生きてこられたわね」

「……すみません、……馬鹿で、十歳から変わっていなくて」

「そこまでひどく言ってないけど、まあ、馬鹿正直で子供みたいとは思うけど」

「……すみません、いつも、イライラさせてしまって」

「いや、そんなこと言ってないし、イライラしてないけど」

私は口を閉じ、亜美さんの顔をじっと見る。

「ありがとうございます。亜美さんは、こんな私にいつも優しいですね」

そう言って顔を歪めると、向かいの、両目を大きくした顔の色が変わっていく。

「……亜美さん！　やっぱり、アレルギーが……」

「うるさい！」と大きな声で言われ、私が口を閉じると、亜美さんは横を向く。

「だから、そういうんじゃないから！　あんたのせいだから！」

首を傾げると、亜美さんがぼそりと言う。

「……あんたが、恥ずかしいセリフ言うから、恥ずかしくなる」

言葉を反すうし、綺麗なだけじゃない横顔にもらしてしまう。

「亜美さん、照れ屋さんなの、すごくかわいいですね」

「うるさい！」とおしぼりを顔に投げられ、「食べろ！」と言われて顔からおしぼりを外し、自分がにやけているのを感じながら「はい」と返す。

「……あんたさ、こっちに来て、不満ないの？」

シメのインスタントラーメンまで一緒に平らげたあと、サービスの柚子《ゆず》シャーベットを食べていると亜美さんに言われ、首を傾げる。

「普通、二十歳の女子は、朝から晩まで働くのは嫌で不満に思うものなの」

「亜美さんも、働いてるじゃないですか」

「私は、夜だけだし」

「月城君が、亜美さんは、お昼過ぎから働いてるって言ってましたよ」

「はあっ？　あの、売れない漫才師、なんて言ってたの!?」

「亜美さんが勤めるお店は高級店で、ホステスさんたちは見た目も中身も一流の人しかいないから、勉強に色んなお付き合いで外出も多いし、ああ見えて体型維持が大変なんだよって」

「……あれ、ぜってえ、はつりまわしちゃらないけんな」

ぼそりと聞こえた言葉の意味は分からないけれど、怒っているのは分かった。

「あっ、方言出てた。あんた、東北出身なのになんでなまってないの」

「仙台市は基本標準語なんです、亜美さんは大阪出身じゃないんですか」

「私は、六年前かられんげ荘に住んでる。それまでは、岡山《おかやま》」

岡山と言われ、日本地図を頭に思い浮かべると、亜美さんが続ける。

「母親と出てきたんだけど、三か月後には私ひとりになったの、遊と同じ。ああ、同じって言ったら失礼ね、私は、十四歳で大人だったから」

私は口を開けず、亜美さんは顔と声色を変えずに続けた。

「せっかく大阪の親戚を頼って逃げてきたのに、母親はDV旦那のところ戻って、私は戻りたくなかったから、ここに居たいって潤兄とれんげさんに頼んだの」

つらかっただろうことを、なんでもないことみたいに話す姿は……遊ちゃんと同じだ。

「潤兄は、あんたにしてあげたみたいに、私にも居場所を作ってくれた。ひとりのとき、優しく手を差し伸べてくれたら、その人を好きになるに決まってるでしょう」

そう言ったあと、亜美さんは頬を桃色に染める。

私はとてもかわいいなと思い、あれと思う。

「好きになったけど、奥さんから、……れんげさんから奪おうなんて思わなかった」

亜美さんは、表情と声色を変え、続けた。

「お兄ちゃんでいいって、れんげさんだから仕方ないって、……なのに、れんげさん、潤兄を置いて、私たちを置いていっちゃった」

最後、とても小さくなってしまった声に、胸がきつく締め付けられる。

「……れんげさんは、……みなさんに、愛されてたんですね」

昼間、シゲさんが語った話からも、とても強く思った。


――シゲさんの話は、こうだった。


一年前、れんげさんは亡くなった。

潤おじさんは、余命三ヶ月まで進行していたれんげさんの病に気づかなかった自分のせいだと。だから殺したのは自分だとお葬式の喪主挨拶で言った。

その発言で、れんげ荘のみんなはとても救われた。

みんな、自分を責めていたけれど、潤おじさんが一番自分を責めていたから。

そして、一年後、みんな、喪失から立ち直ろうとしていた。

潤おじさんは自分を責め続け、お葬式の日から一歩も動けていないのに。

それに耐えられなくなって、ひとり、れんげ荘から去ろうとしているのに。

一年間、みんな、自分でいっぱいで、潤おじさんを思いやることが出来なかった。

亡くなる直前、れんげさんが心配していたとおりになった。

れんげさんの一周忌の日、私が大阪に逃げてくる一週間前。

一年前に予約されていた手紙がシゲさんに届く。

差出人はれんげさん、手紙に書かれていたのは、心配とそれに対するお願い。

――れんげさんの最後のお願いを、私は、シゲさんから託されてしまった。


「……りっ、……七里？　また、寝てるの？」

その声にはっとする。すると、心配そうな亜美さんの顔が向かいにあり、私は無理に顔を歪める。

「もしかして、働きすぎで体調悪いの？」

「亜美さん、私のこと心配して、今日は誘ってくれたんですか？」

亜美さんは固まり、顔を徐々に赤く染めていく。

「ありがとうございます。すごく、嬉しいです」

「……っ！　だからっ、それやめなさいよっ！」

「私、こう見えて、身体がとても丈夫なんで安心して下さい」

「れんげさんとは違います」と続けず、とてもかわいい向かいの赤い顔を眺めた。

※

潤おじさんの次に心配されていた亜美さんは、とても優しくていい子だった。

……れんげさんのお手紙、……直筆の遺言にあったとおりに……。

亜美さんのことをはじめ、色々なことを知り過ぎた次の日。

私は目が覚めてすぐ、彼氏にメールを送った。

昨日は連絡が出来なかったことを謝り、今日、会って欲しいと文字を打った。

すぐに返信があり、時間と待ち合わせ場所のやりとりをした。

そのあと身支度を整え待っていたら、正午ぴったりに潤おじさんが訪ねてきた。

「これ、さっき、シゲさんに渡された」

差し出された大きな紙袋の中身を見ると、手紙がついていた。

潤おじさんがのぞこうとしているのに気づき、少し離れて手紙を読む。

「……潤おじさん、ちょっと、外で待っててくれるかな」

首を傾げる潤おじさんが出ていき、私は手紙のとおりにしてから部屋を出る。

「なんだ、なんで、着替えたんだ」

「……シゲさんが、……お休みくらいは、きちんとした格好をしたほうがいいって」

潤おじさんに着替えを指摘されたとき、返す言葉も書かれていた。

紙袋の中には、白のロングカーディガンにふくらはぎ丈で腰が絞られた紺色の半袖ワンピース、低いヒールでストラップのついた黒いパンプスが入っていた。

どちらもサイズがぴったりの新品で、値札は切られていたけれど高価だと思う。

【かわいらしい格好をしていれば説得に有利になります。

普段着から着替えをして行きましょう。】

そう手紙に指示があり、シゲさんと携帯番号を交換していなかったのを後悔した。

「行くぞ」と、私の格好などなんとも思ってないだろう、潤おじさんが歩き始める。

うしろをついて歩くと中崎町の駅に着き、ホームへの階段を降りていく。

「……おじさん、どこに行くの？　……私、大阪駅で四時に待ち合わせしてるの」

昨日シゲさんと話をしたとき、潤おじさんが私を誘ったのは、れんげ荘を去る話をきちんとするためだろうと言われた。

「昼飯、食いに行くって言ったろ」

「言ってない」と返す間もなく、潤おじさんはすたすたと改札に向かう。

切符を渡され、地下鉄に乗って東梅田駅に着き、改札を出て人の多さに驚く。ベージュのジャケットに白いシャツ黒いパンツ姿の潤おじさんのうしろ姿を、人にぶつからないよう追い。

左に阪神百貨店、右奥に阪急百貨店が見え、切符を渡されて地下鉄御堂筋線梅田駅の改札に入る。

ホームに降り、どこも人が多いのは日曜だからと気づく。

「昨日、亜美と、何食べてきたんだ」

列に並んだ潤おじさんがこちらを見ずに言い、なぜ知っているのかと思う。

「アパートの周り、防犯のために色んなところにカメラをつけて、二十四時間とはいかないが、見てる」

カメラに気づかなかった私は、まだ電車の姿が見えない線路を見て答える。

「……兎我野町の韓国料理屋さんで、お鍋」

「今度、ふたりでそこ行くときには声掛けろ、俺も行く」

「……潤おじさんも、食べたかったの？」

「あの辺、お前らふたりで、夜遅くに出歩くところじゃねえから」

昨日、亜美さんとお店に入ったのは六時頃で、八時前には帰った。

「……遅くは、ないと思うけど」

「俺から見れば、お前らは、十歳と十四歳の子どものまんまなんだよ」

風をまとった電車が目の前に現れ、潤おじさんが続けた。

「だから、心配で、かわいいんだ」

風の音に消されそうだったけれど、聞こえた。

私はそれには返さず、ふたりで電車に乗って、梅田からふたつめの本町駅で降りる。

改札を出て短い階段を降り、出入り口の壁は全面ガラスで中が見える造り、薄暗く高級に見えるお店に入った潤おじさんに続く。

店内の高い天井からは木の棒がいくつもぶら下がり、少し低く見える濃い茶色の丸テーブル席と、通路を挟んで壁際にボックス席。

私たちは出入り口から一番近い丸テーブルに案内され、席が全部うまる。

盛況だけれど大人のお客様が多く、会話の声の大きさが気になることはなくて、「いらっしゃませ」と店員さんがメニューとお茶をテーブルに置いてくれる。

「ここは、担々麺《たんたんめん》がうまいんだ。辛くないし、ランチのチャーハンがめちゃうまい」

鮮やかなブルーの唐草模様の急須で、そろいの茶碗にお茶を注ぎ、潤おじさんが言う。

お店はフレンチやイタリアンを出していそうな雰囲気だけれど、メニューの中国料理はどれもおいしそうだ。

潤おじさんが注文をしてくれたあと、店員さんに「少しだけすみません」と頭を下げられる。するとと少し離れた壁の扉から出てくるふたりの姿が見えた。

カラードレスを着た女性とタキシードを着た男性は、「すみません」と頭を小さく下げて席のそばを通り、入り口から左のガラスの扉へ向かう。

「向こうにも、今居るここと同じくらいの広さの客席があって、披露宴が出来るんだ」

中国料理屋さんでの披露宴は聞いたことがないけれど、ここのお店の雰囲気なら可能だと思う。

「この店の上は高級ホテルで執事がいるぞ、お前の好きな」

「……私、別に……」

「朝のアニメに出てるって、昔、俺に一生懸命説明してくれたぞ」

「……それっ、子供の頃の話だから！」

大きな声が出てしまい、集まった周りの視線に下を向く。

「そうだな、今は、仙台から追いかけてきてくれる彼氏が居るもんな」

ひゅっと背中が冷たくなった私に構わず、潤おじさんは続ける。

「七里が先なのは意外だった、まあ、亜美は男と付き合ったことがないからな。海外での結婚式は遅くても一年前には申し込まなきゃいけないそうだ。新婚旅行も出来るから人気で、予約は早めのほうがいいってテレビで観たぞ」

いつもより言葉が多く、明るい声色に首をもたげる。

私の向かいには、優しい笑みを浮かべる、十年前の潤おじさんが居た。

「式を挙げるとしたら、ジューンブライドの来年六月か。悪いが俺は行けない」

「……潤おじさん」

「電報と、祝儀は送るから、あと、バージンロードを歩くのは最近母親でも問題ないみたいだ」

「……潤おじさん、聞いて」

「七里、幸せになれよ」

まっすぐ、私を見つめ、笑みを消した潤おじさんが続ける。

「ここを出たら、彼氏に連絡を取って一緒に仙台に帰れ、家に着いたらすぐ姉さんに結婚の報告をしろよ」

「……私が言うとおりにしたら、……潤おじさんは、れんげ荘を出ていかないの？」

潤おじさんは、私から視線を外して答えた。

「お前は、お前のことだけ考えろ」

「……【れんげ荘のごはん】を、なくさないの？」

「あんな、近所の老人しか来ない店、いつも赤字でやっている意味はない」

潤おじさんの答えが、冷えていた私の身体に火をつけた。

「……意味なんて、嬉しいじゃダメなの？　私はお店を任せてもらえて、嬉しかった」

こちらに向いた両目が大きくなった顔に、熱く感じる息とともに言葉を吐く。

「十年ぶりにこっちに来て、私は、初めて居場所が出来たと思ったの」

「七里、そういう場所は彼氏と結婚して作れ。あそこには、もう何もないんだ」

「潤おじさん、どうしてそんな嘘をつくの？」

二週間にも満たない時間の中で、私は自分のしたかったことを見つけ、叶えた。

〝まほう〟でひとりだった私に、〝れんげ荘の魔法〟がかかったから。

そう教えてくれたのは、れんげさんの最後の手紙だ。

「何もないなんて嘘、……悲しいと思う、れんげさん」

お会いしたことがない彼女は、れんげ荘のみんなと、

「どうして、あいつの気持ちが分かる」

そう言って顔をこわばらせる潤おじさんのことを、とても想っていた。

「私がこっちに来る一週間前、シゲさんのところに届いた手紙を読ませてもらったの」

固まった潤おじさんに、預かったれんげさんの手紙を差し出す。

シゲさんのお店の住所を書いた文字をしばらく見つめたあと、白い顔をした潤おじさんが言った。

「……どうして、シゲさんに……俺じゃなくて……」

「潤おじさんには言わないでって、書いてあった」

「……じゃあ、……どうして、シゲさんは七里に渡して……」

「私から渡すほうが、いいだろうからって」

「どうして」と返され、シゲさんからは言ってもいいと言われたけれど、ためらう。

静かになった私たちの間に、「失礼します」と定食がふたつぶん置かれ、テーブルがぱっと華やいだあと。

私は、お茶をひと口飲んでから、言った。

「れんげさんがいなくなって、『一番つらいと思い込んでる馬鹿に、恥をかかせられるから』」

潤おじさんが両目を大きく開き、私は、すうっと息を吸ってから続ける。

「『娘同然の子をなくして、息子同然のお前までいなくなる気持ちも、少しは考えろ』」

シゲさんからの伝言を伝え終え、私はふうっと息を吐く。

潤おじさんは、両目をまんまるにして固まっている。

「潤おじさん、読んで。あと、私は、もう十歳の子供じゃないから」

そうはっきり言ったあと、私は正面に向き、「いただきます」と両手を合わせる。

目の前には、急須やお茶碗と同じ柄の受け皿の上、同じ柄の丼。

上品な白にブルーの模様の丼の中には、真っ赤なスープの担々麵。

れんげでスープを飲むと、ピリッとした辛みのあと旨味が口に広がる。

濃厚な白ごま味のスープはまろやかで、ラー油の辛さは舌を刺すようなものでなく味を上手く引き立てている。

スープの真ん中に置かれている具材は、茹でたほうれん草、メンマ、そぼろ肉。

見るからにおいしそうで、れんげの中麺を絡ませて食べる。

「……っ！」

コシを感じる中細のストレート麺は丁度いい茹で具合でスープと具にとても合い、私はごろごろとそぼろ肉とともに入っていたものに驚く。

れんげですくい確認すると、やっぱり、短冊切りの油揚げだった。

入っているのを初めて食べたけれど、とてもおいしい。

……というか、……この担々麺、本当にめちゃくちゃおいしい。

お店の雰囲気のように上品で、濃厚な味に箸を夢中で動かしていると、気づいた。

ドンぶりのそばには、他の食器と同じ柄で六角形の皿の上にのった竹筒。

箸を置き、添えられているれんげで、竹筒に詰められているチャーハンをひと口食べる。

パラパラで卵の味を強く感じ、ちまきを思い出す優しい味は担々麺に負けないぐらいおいしく、私は絶え間なくれんげと箸を動かす。

……私、今、とても生きている。

おいしさを感じながら、そう思い、嬉しいと感じる。

……れんげさんと、【れんげ荘】で一緒にごはんを食べてみたかったな。

手紙を読んだだけでも、そう思い、彼女の強い想いを感じた。

……私なんかが思ったら、一緒に住んでいたみんな、……潤おじさんが怒るよね。

十日ほどしか【れんげ荘】にいない私が、れんげさんが居なくなった気持ちを想像するのはおこがましく。

悲しかったねつらかったねと、簡単に寄り添おうとするのはとても失礼だろう。

……私は、やっぱり、潤おじさんに真実を伝えることしか出来ない。

一昨日、私はシゲさんに頼まれた。

シゲさんの想いを伝えて、れんげさんの手紙を渡し、れんげ荘に留まるよう私が説得することを。

……やっぱり私が引き留めて、潤おじさんが考えを変えるとは思えない。

れんげさんの意思に沿わなくても、つらさや悲しさから逃げられるなら。

潤おじさんが幸せになれるなら、【れんげ荘】から出ていってもいいと思う。

……れんげさん、ごめんなさい。……私は、潤おじさんの味方なんです。

私は、「ごちそうさまでした」と言い、箸を置いて向かいに顔を向ける。

……部外者なのに、首を突っ込んだことを怒られ、出ていけと言われるだろう。

シゲさんには否定されたけれど、それが当然だと思う私に、潤おじさんは読んだ手紙を封筒に入れて渡し。

私が口を開く前に、箸を持ち、麺をすすり始めた。

とがった喉仏を何度か動かし、手とともに止めてから、潤おじさんが言った。

「……七里、担々麺、うまかったか？」

「うん」と返したあと、私は、とても驚く。

「……俺も、うまいよ、……うまい」

潤おじさんは麺をすすり始め、両目から落ちる水をぬぐうことはなかった。

※

【拝啓　シゲさん。

こんな風に、手紙を出すことを許して下さい。

これを書いているのは、二〇一×年　三月二十日です。

半年前に知らされた余命は三ヶ月で、それから一月半が過ぎました。

みんなや、潤さんは、このまま治るのではと言ってくれますが。

ごめんなさい、私は、治らないと思います。

なので、いつ、目を閉じて開けられなくなるか分からないので、こうして手紙で遺言を残します。

ちゃんとしたのを書きたいって潤さんに言ったら、ダメだって。

私は、潤さんのことが、すごく、すごく心配です。

私がいなくなったあと、多分、大阪に来た頃の彼に戻ってしまうでしょう。

親友と思って一緒に会社をやっていた人に、裏切られ、自分が作った会社から追い出され、誰も、何も、信用出来なかったときに。

そうなったら、潤さんは、私の進行していた病気に気づかず治せなかったことを、自分のせいにするでしょう。

そして、周りからの声を聞かなくなり、私を思い出したくなくて、ひとり、出ていくと言い出すでしょう。

そんなことは、絶対にダメです。

ひとりは、絶対にダメです。

私は、十八のときお父さんが死んで、ひとりになりました。

お母さんと親戚はなく、お葬式をひとりで挙げ、少ない訪問のお客さんが終わって。

ひとりで、どうしようと思っていたときに、シゲさんが訪ねてきてくれました。

シゲさんは、れんげ荘と【れんげ荘のごはん】を私にくれました。

シゲさんは、私に居場所をくれ、一緒に居てくれました。

今までずっと言えなかったけれどふたり目のお父さんと思ってました。

厚かましくてすみません。

話がそれてしまいましたね。

最近は、胸から転移した脳の腫瘍のせいか、強い薬のせいかで考えが飛んでしまう。

潤さんに話すと、私は、病気になる前から話と考えが飛びがちだったそうです。

そんなことないと思うのですが、どうでしょう。

また、話がそれましたね。

そうです、遺言ですよ。

一年後、潤さんがひとりにならないよう、見張って下さい。

どうして、一年後と思いますよね。

彼が今抱えているゲームや色んなお仕事は、普通の人なら何年もかかるけれど、頑張れば一年で終えられるそうです。

潤さんは、責任感が強くてお仕事が大好きです。

一年後、お仕事が終わるまでは、れんげ荘の自室にこもってくれるでしょう。

一年後、お仕事が終わったら、れんげ荘を去るでしょう。
そんなことは、絶対にダメです。
ひとりは、絶対にダメです。
彼をひとりにする、お前が何を言っているんだと思いますよね。
それでも、潤さんには、生きて、長生きしてもらって、幸せになって欲しい。
私は、人は、ひとりでは生きていけないと思っています。
だから、潤さんを、れんげ荘のみんなを、ひとりにしないで下さい。
お願いします。
亜美ちゃんも、すごく心配です。
きれいで、優しくて、いい子。
いつも気を張っていて、周りにすごく気を使ってくれる。
お別れがとても苦手で、謝りたいのだけれど、泣かせちゃうので言いません。
遊ちゃんは、亜美ちゃんの真似をしていて、心配です。
優しくて、いい子になるだろうけど、まだ子供なのです。
でも、遊ちゃんには、シゲさんが居るから大丈夫ですね。
本音を言うと、私は遊ちゃんに少しシットしていました。
だって、シゲさんは、一度も私と寝てくれなかったんですから。

遊ちゃんがひとりになってからは、ずっと同じ部屋なんて、ずるい。
つき君は、とても頭のいい子だから、大丈夫。
また話がそれていますね。
しかも、とても長くなってしまってる。
すみません。
私の遺言、お願いはふたつです。
潤さんをひとりにしないで下さい。
れんげ荘のみんなは、ご飯を食べて、寝て、長生きして下さい。
以上です。

シゲさん、よろしくお願いします。
この手紙は、潤さんには見せないで下さい。
見せてもいいんですけど、彼は泣き虫なんです。
れんげ荘で、みんなで食べるごはんは、まほうがかかったみたいにおいしかった。
みんなといると、まほうがかかったみたいに楽しくてうれしかった。
もっと、大好きなみんなと生きたかったです。

ありがとう。ありがとう。ありがとう。ありがとう。ありがとう。

さようなら。

敬具

二〇一×年　三月二十日　熊取谷《くまとりたに》れんげ】

※

十年ぶりのJR大阪駅は、記憶の中と大きく違った。

十日前は、れんげ荘に向かうのに必死で、それに気づかなかった。

高いビルとビルのあいだ、白い屋根が斜めにのった大きく立派な駅の中、待ち合わせ場所は五階の時空《とき》の広場。

エスカレーターで着くと、吹き抜けの左右から風を感じた。

透明の壁越しに、眼下に行きかう電車と大阪駅周辺の景色を眺められ。

天井が高く銀色のポールが並ぶ広い広場は、空港と景色が似ている。

広場の中心にある、背が高く丸い金色の時計が四面ついている塔、そのそばに立つ彼氏を見つけた。

「ごめんな、ここ、来てみたくて」

約束は午後四時、十分前だけど、やはり彼氏は待っていた。

「泊まったところから近くて、行きたいと思ったところ、ここだったから」

昨晩、ＪＲ大阪駅からすぐのビジネスホテルに泊まったらしい。

小さく笑みを浮かべる彼氏に、私はがばりと頭を下げる。

「……本当に、色々、ごめんなさい。……あの、これ」

首をもたげ、ショルダーバッグから、先ほど銀行で下ろした紙幣を入れた封筒を差し出す。

「……交通費と宿泊費、足りなかったら言って下さい。すぐに、下ろして……」

言葉途中で、私は辺りの景色が見えなくなった。

「俺のこと、振るから、気を使ってくれたの？」

彼氏の両腕に包まれ、私は口を開けない。

「七里、俺のこと、好きだった？」

初めての、男の人の胸の中で、生まれて初めて出来た彼氏にゆっくりと頷く。

「よかった、これから、お互い頑張ろうな」

もう一度頷くと、彼氏が私から離れた。

「これ、俺の店に来るときの、旅費にして」

さっき渡した封筒を伸ばされ、とても狭くなっている喉で「絶対、行くね」と返して受け取る。

「元気で」と彼氏は言い、背中を向けてエスカレーターに乗る。

降りていく彼氏の姿が見えなくなってから、

「いいのか、まだ、間に合うぞ」

うしろから聞こえてきた声に振り向く。

「……なんで、ついてこないでいいって……」

「お前は、男の、怖さを分かってない」

私の言葉をさえぎり、潤おじさんは「帰るぞ」と背中を向ける。

二時間も前に、地下鉄の梅田駅で別れたはずだった。

「それに、男は、しつこいんだ」

エスカレーターに並んで乗ると言われ、私は口を開く。

「……どっちも、怖くもしつこくもないって信用してたから、……付き合ってたの」

下がっていく段差を見ながら、思う。

……私が、彼氏に惹《ひ》かれていたのは、本当だ。

十歳上で、落ち着いた雰囲気の彼からは、怖さや、粗野なところを感じなかった。

だから付き合えていたけれど、将来をともにすることまでは考えていなかった。

……気持ちは嬉しかったけれど、……彼氏と、今すぐ、結婚をしたいとは思えない。

それに、私は、大阪でしたいことが見つかった。

「……潤おじさん、今日は、みんな出掛けてるのかな？」

「本当にいいのか、もうあんな、仙台から大阪まで追いかけてきてくれるような彼氏は出来ないかもしれないぞ」

言い方に少し顔が緩み、硬くしてから返す。

「……そうだね、……お父さんに、結婚出来ないって言われてたし」

そう私が言うと、エスカレーターが終わり、アトリウム広場に着く。

大阪駅の二階にあり、八層ぶんの吹き抜けで風格と開放感があると、先ほどの時空の広場とともに大阪駅のホームページに載っていた。

百貨店とファッションビルに挟まれた、大きな広場をたくさんの人が行き来する。

辺りの様子を見ながら歩いていると、前を進む背中が「はあっ？」と大きく言った。

「あいつ、そんなこと、七里に言ったのか！」

止まった潤おじさんが言い、私は隣に立って返す。

「……お父さんを、あいつって言わないで、……それに、……言われた私が悪いから」

「はあっ⁉」と潤おじさんが大きな声を上げ、すれ違った人に視線を向けられる。

「あいつが手を出した職場の女が、……姉さんと、七里にしたこと覚えてないのか？」

潤おじさんが眉間にシワを寄せて言い、私は、覚えていることを思い返す。

……十年前、始まりは、私が〝まほう〟でお父さんの記憶を見たこと。

出張と嘘をつき、職場の女の人と旅行に行って、赤ちゃんが出来たと言われていた。

気持ち悪さを自分の中だけに留《とど》めておけず、話した母は興信所を使って関係を突き止め、父は母に謝り女の人とは別れると約束した。

なのに、女の人が家に来るようになってしまった。

母に父と別れるよう言いに来ることは、警察を呼んでもやまず。

母の代わりに話を聞いて欲しかったからと、私を誘拐しようとして未遂で終わる。

そうして、母は精神的に追い詰められ、私を連れ大阪のれんげ荘に身を寄せたのだ。

「……覚えてる。……でも、……きっかけを作ったのは、私だったから」

……私が、〝まほう〟で見たことを母に言わなければ、始まらなかった。

父は母に、女の人とは別れるつもりだったと言っていた。

余計なことを私が言わなければ、父と女の人の別れ話はこじれず、嫌がらせに疲れた母が離婚を申し出ることはなかっただろう。

「……それに、……弟には、両親そろってるほうがよかったよ」

半年前、母は、再婚を考えていることを私に話してくれた。

仙台から離れることを聞いて、正直戸惑ったけれど、おめでとうが言えたあと。

母は、久しぶりに連絡した父が、私に会いたいと言っていたことと、

「……私の半分血の繋がった弟、もう十歳だよ。……すごいよねえ」

母親の違う、私の兄弟が弟で、元気に育っていることを初めて教えてもらった。

「すごいのは、お前の、馬鹿さだ」

隣から聞こえた、いつもより低い声に顔を向ける。

明らかに、とても怒っていた。

「……おっ、……おじさん？」

突然、大きな片手で私を目隠しした、潤おじさんがはっきりと言った。

「七里、十年前〝まほう〟を使ったお前は、少しも悪くない」

黒しか見えず、辺りは騒がしいのに、まっすぐな声だけが私の両耳を震わしていく。

「お前の父親は、姉さんとお前を裏切って、他に家族をつくったクソ野郎だ」

視界は塞《ふさ》がれているけれど、口は自由で、なのに私は反論しなかった。

「自分の子供に八つ当たりをする、クソ野郎のことを、擁護する必要なんかない」

潤おじさんは父にひどいことを言っている。

「お前の弟に罪はないが、お前は、弟のために犠牲になったんだ」

とてもひどいことを言う、なのに、もっと言って欲しいと思ってしまう。

「七里、お前は、もっと怒っていいんだ」

そう言って、潤おじさんは私の目隠しを取った。

まぶしさに両目を閉じて開く。

ぼやけた視界では、輪郭と色しか分からないけれど。

正面に立つ人は、笑みを浮かべているのが分かった。

「さっきのお返しだ、行くぞ」

大きな温かい手に冷たい片手を握られ、歩き出す。

下を向き、両目からぼとぼと水を落としながら、進む。

街中で人通りが多い中を、ぐしゃぐしゃな顔と心の私は、潤おじさんと繋がっているから歩ける。

「お前、よく、そんだけ泣けるな」

「ごめんなさい」とひどい声で返し、涙を止めることが出来ない。

「まあ、色々、あったからな」

色々を、私は想う。

大阪に逃げてきて、色々な人たちと関わり、色々な想いに触れた。

……私は、〝まほう〟のせいで、深く他人と関わらないように生きてきた。

だから、とても嬉しかった。

……私は、深く誰かと関わることを、無理だとあきらめて生きてきたから。

「……っ、……おじさんっ、……私、ね、……もっと、みんなと仲よくしたいっ」

……私は、本当は、〝まほう〟に怯えることなく他人と関わりたかった。

そんなこと、出来る日が来るなんて思わなかった。

……だから、れんげ荘は、私の願いを叶えてくれた場所なのだ。

「そんなの、俺に言われてても、な」

潤おじさんは明るい声で返してくれ、繋ぐ手に力を入れてくれる。

「……っ、……おじさんの、……嘘つき」

……お前を救えないって、言ってたくせに、……私を、こんなにも……。

「何がだよ」という声に、私は狭い喉から声が出ず、止まらない涙を流し続けた。

※

途中、私は公園で顔を洗わせてもらってから、れんげ荘に帰ってきた。

すると、【れんげ荘のごはん】のシャッターが開き、匂いが漂ってくる。

潤おじさんと顔を見合わせ、声が聞こえてくる中に入った。

「……ほらあっ！　あんたがトロトロしてるから、帰ってきちゃったじゃない！」

「えー、俺のせいだけかなあ。亜美ちゃんがむいたの、むき直ししないとダメだったから……」

厨房の中、亜美さんが月城君の頭を鍋蓋で叩く光景に、驚く。

「ああ、帰ってきちゃいましたね、やっぱり亜美さんの調理スキルでは……」

私たちのあと、お店に入ってきた遊ちゃんは、飛んできたお玉を器用によける。

「潤兄！　みんながいじめるうっ！」

いつもより高い声で、幼い表情を浮かべた亜美さんが叫ぶ。

「亜美、お前は、調理器具で遊ぶな」

「そうそう、潤兄、もっと言ってやって」

「亜美、つきのこと、もう三回くらい殴っていいぞ」

ふたりとやりとりをする潤おじさんと、ぐらぐらと、厨房の中に入る。

コンロの火にかけられた鍋の中、沢山のじゃがいもがお湯を泳いでいる。

「これ、じゃがいもカレー作ろうとしてんのか」

「違うもんっ！」と、潤おじさんの腕に抱きつく亜美さんが言い、月城君が続ける。

「潤さん、日曜日、みんなで作ってたやつや」

「じゃあ、玉ねぎと人参のみじん切り、終わってんのか」

「亜美ちゃんと、どっちがするか決めてたところ」

「潤兄！　亜美、昨日、ネイル行ったばっかりなのに、やらそうとするんだよ！」

三人のやりとりに首を傾げると、私の隣に立った遊ちゃんが言う。

「ヒント1、今日のメニューが大好きな登場人物が出てくるアニメがあります」

『にほんかい』と書かれたTシャツとジーンズのショートパンツ、すっぴんで髪の毛をひとつにくくっていても女の子に見える、休日バージョンの遊ちゃんが続ける。

「ヒント2、そのアニメのオープニング曲に、作り方の歌が使われていました」

保育園の研修中、少し古いアニメソングだけれど、人気があって歌われていた歌を思い出す。

遊ちゃんに耳打ちすると、にっと小さく笑い、「正解」と言われる。

「そういうわけで、僕は、小麦粉とパン粉を買いに行っていたわけです」

そう言って、銀色の作業台の上に買い物袋をどさりと置く。

「シゲさんは一時間ほどで、望月さんはもうすぐ帰ってきます」

「じゃあ、今日は、みんなで夕飯食べられるんだね」

「七里ちゃんが、彼氏と婚約破棄したお祝いだかっ……いたたっ！」

月城君は言葉途中で、亜美さんと潤おじさんに左右から両耳を引っ張られた。

私は「婚約してたわけじゃないから」と小さく呟いたあと、「離してあげて」とふたりに言い、両耳をさする月城君に聞く。

「……月城君、どうして知ってるの？」

「潤さんが、亜美ちゃんに何か作って待ってくれないかって電話して、亜美ちゃんが俺をこき使って今に至ってる」

「だらっ！　べらべらとっ！　あんた、そんなじゃけえ、売れない漫才師なんじゃ！」

月城君と亜美さんが仲よく喧嘩するそばで、潤おじさんがエプロンをつける。

「七里、服着替えてこい、主役だけど手伝え」

そう言われ、着替えて戻ってくると、カウンターに座っていた月城君に言われた。

「七里ちゃん、彼氏からのプロポーズを断ったのに、楽しそうだねえ」

「……最低だね、私」

「女の子は、次が出来たら切り替えが早いからね。七里ちゃん、潤さんから繋がってないこと聞いたんでしょ」

小さく言われた言葉の意味が分からず、首を傾げると、

「ちょおっ！　七里に意地悪やめえや！」

亜美さんが厨房から出てきて、私と月城君との間に立つ。

「亜美ちゃんめっちゃなまってんで、七里ちゃんに心許しすぎ」

薄化粧でTシャツにジーンズ、髪の毛をひとつにまとめた亜美さんが、固まる。

「七里ちゃん、亜美ちゃんは、本当に心許した人にじゃないと岡山弁出さないんだよ」

少しして、亜美ちゃんがぶわりと顔を真っ赤にする。

「おめえは、外出ろ！　はつりまわしちゃるけん！」

亜美さんが素早く席を立った月城君を追い、ふたりがお店を出ていったあと、「七里、早く手伝え」と言われ私は厨房に入る。

「玉ねぎと人参はみじん切り、じゃがいもがもう煮えるから、なるべく早くな」

「七里さん、人参の皮をむいたのは僕です」

遊ちゃんに「ありがとう」と言うと、初めて、子供らしい笑顔を見せてくれた。

私は手を洗って包丁を持ち、潤おじさんの隣で調理を始める。

玉ねぎは半分にして、横と縦に切り込みを入れて、細かく切る、切る、切る。

人参は縦に薄切りにして細切りにしたあと、横に包丁を入れ細かく切る。

「人参と玉ねぎは、ジャガイモを煮ている鍋に入れて一緒に煮る」

「別で、炒めないの？」

「ない、これで、めちゃおいしくなるんだ」

そう、少し左右の口角を上げて、潤おじさんが言った。

私は、最低だけれど、先ほど大阪駅に居たときともう気持が切り替わっていて。

とても嬉しく、楽しい気持ちで野菜を鍋に入れていく。

「茹で上がるまでに、千切りキャベツを作る」

潤おじさんとふたりで、切る、切る、切る。

ボウルに入れて水にさらし、冷蔵庫に入れたあと、茹だった鍋の中身を潤おじさんが大きなザルに上げてくれボウルに移す。

「温かいうちに潰して調味料を入れとけ、俺はひき肉を炒めるから」

私は、湯気を上げるジャガイモと野菜を、大きなポテトマッシャーで潰す。

コンソメ、ナツメグ、砂糖、塩コショウを言われる分量入れて、大きなしゃもじで混ぜ、潤おじさんが塩、コショウで炒めたひき肉を更に混ぜる。

「ミンチカツと同じで、ケーキ切りして、たねをまとめる」

たねを三十二個に分けると、カウンターに座り本を読んでいた遊ちゃんが席を立つ。

「望月さん、おかりなさい。サバゲーは楽しかったですか？」

遊ちゃんの質問に、顔に黒いテープをつけた望月さんが、こくこくと頷く。

「じゃあ、俺と七里で形を作って、望月さんが小麦粉と卵、遊はパン粉な」

ステンレスの調理台の上、四人一列に並び黙々と作業をしていく。

さすが望月さんは手際がよく、ふたりで作るタネがおいつかないくらいだ。

遊ちゃんは苦戦しながらも、望月さんに教わり楽しそうに作業している。

「ああ、ちょうどいいタイミングで帰れましたね」

衣つけが終わったとき、スリーピースのスーツに帽子をかぶったシゲさんが現れる。

「今日は、休日なので飲みましょう。潤、グラスを冷やして下さい」

「ここに、酒はないですよ」

「柴田さんのところで、頼んできたので大丈夫ですよ」

潤おじさんが眉間にシワを寄せ、出入り口から大きな声が聞こえてくる。

「まいど！　今日は祝賀会らしいから、エビス持ってきたったでぇ！」

柴田のおじいちゃんは、中身が詰まったビールケースを床にがしゃんと置く。

「七里ちゃん！　婚約破棄おめでとう！　おっちゃん、お母ちゃん死んどるでいつでもお嫁に……」

そう言ってこちらに近づいてきた、満面の笑みにふきんが投げられる。

「じじい、寝言は、寝て言えよ」

「……かわいそうになっ！　潤は、七里ちゃんと結婚出来んもんな！」

柴田のおじいちゃんが、顔からふきんを取って言い。

「そうでもないやんな、潤さん」

いつの間にか戻っていた月城君が、カウンター越しに潤おじさんの前に立った。

「潤さん、七里ちゃんに、本当のこと教えてあげたら？」

そう月城君に言われて、潤おじさんは固まり。

「七里ちゃん、君と潤さんは……」

言葉途中で、月城君は、床にどたんと倒れてしまう。

どこからか飛んできた、片手鍋が頭にヒットしたからだ。

「おめぇは、よけいなこと言わんと、床で寝とけばえんじゃ！」

そう言って、はあはあと息を大きくしながら、亜美さんが長テーブルの自分の席に着いた。

「そのとおり、七里さん、お腹が空いたのでふたつ早急に揚げてくれますか？」

そうシゲさんが言い、帽子を取って席に着いた。

「僕も一個」と遊ちゃんが言い、望月さんが大きな片手を広げて「五個お願いします」と小さく言い、ふたりも席に着く。

「七里ちゃん、おっちゃんは三つな、今日は一緒に飲もうな」

「柴田のおっちゃん、七里に変なことしたらいけんよ！　私、三つね！」

「七里、俺はふたつで、お前は四つ揚げとけ」

数に反論しようとした私より先に、再び出会って、一番の笑みを浮かべる潤おじさんが言った。

「コロッケはミンチカツと並ぶ【れんげ荘】の看板メニューだ、めっちゃうまいぞ」

私は、ふたつのメニューを考えただろう人を思い、ぎゅっと胸が締め付けられた。

……私の〝まほう〟とは違い、人の心を温かくする〝魔法〟が使えたれんげさん。

もう、居なくなったあとなのに、こんな自分にも居場所を与えてくれた。

……ありがとうございます。……いつか、私も〝魔法〟が使えるように頑張ります。

そう、胸の中で呟いてから。

私は緩んでいるのが分かる顔で、みんなで作ったコロッケを、みんなのぶん揚げ始めた。

エピローグ

――心の中をのぞける眼鏡は、なくてもいい――。


午後十一時、俺が【れんげ荘のごはん】に戻ると、残っていたのはひとり。

「つき、亜美が酒弱いの知ってるのに、あんな風にあおるな」

「彼氏おらんくなった七里ちゃんを、口説きたいのに、邪魔ばっかりするんやもん」

そう言いながら厨房に入ると、潤さんに思い切りにらまれた。

「ちゃんと、亜美を部屋に送ったんだろうな」

「ちゃんと、送って寝かせといたよ。ねえ、なんで、七里ちゃんに言わへんの？」

「七里は、部屋に戻ったのか」

「泥酔してて心配だから一緒に居るって、亜美ちゃんぐうぐう寝てたから大丈夫だと思うけど、ひとりになりたくないんじゃない。ねえ、なんで？」

隣に立った俺の質問に答えず、潤さんは流しで手を動かす。

「潤さん、もしかして、明日のお花見のためにお弁当の仕込みしてんの？」

また無視し、潤さんは大きなボウルの中の米をとぐ。

亜美ちゃんを背負って出たとき、洗い物が積んであった調理台は綺麗に片付けられ、油揚げが山盛り、レンコン、人参、白ごまとじゃこの袋がのっている。

「おいなりさんやな、油揚げ、ようこんなにあったね」

「おい、洗ってない手で食材に触るな。お前らが盛り上がってるときに、買い物行ってきたんだ」

「そうなんや、全然気づかんかったわ。潤さん、みんなでごはん食べるの、なんで解禁したん？」

「つき、お前は、明日来るな」

「俺、お花見の提案者やで」と返し、続ける。

「桜が咲いていたの気づきませんでしたって、七里ちゃん言ってたわ。かわいそうに、辺りの景色見る暇もないぐらい、潤さんに働かされてたからやで」

俺は、手を止めない潤さんの横顔を見つめる。

「仕方ないだろ、それしか、思いつかなかった」

じゃっじゃっととぐ米を見つめ、潤さんが答える。

「荒療治やけど、なんも考えんと動いてたら元気なるもんなあ。昔、潤さんが野良犬みたいに東通りで転がっとったん、れんげさんが拾ってきて働かしたんやったっけ」

「野良犬じゃなくて、生ごみだ」

「れんげさんのお陰で立ち直って、ここの修繕費持ってきたんやから犬やろ」

「半分は、【れんげ荘】の赤字の補てんに使ったな」

「結構お金かけたここ、取り壊す前に、七里ちゃんが来てくれてよかったやん」

潤さんだけでなく、他の住人、特に亜美ちゃんによかったと思う。

仲よくなる前、嫌っていたときから七里ちゃんに服を貸してあげて、潤さんに資金を渡され頼まれて、俺を付き合わせ必要なものを買いに行きひととおりそろえてやっていた。

面倒見よくしっかりした亜美ちゃんに、頼りない七里ちゃんはぴったりで、初めての同性の友達になるだろう。

「潤さん、出てってもええよ、七里ちゃんのことは俺に任せといて」

眉間に深いシワを寄せた顔がこちらを向き、俺は口角を上げる。

「これから、お兄さんって呼んでもいい？」

「……いいわけ、ないだろうが！　お前みたいなのに、七里は……」

「俺にくれないのは、自分のだから？　あんなに、自分のこと大好きで従順な、かわいい子が居てうらやましいよ」

両目を大きく開き、手を止めた潤さんに、俺は続ける。

「七里ちゃん、潤おじさんの言うことならなんでも聞くし、なんでもしちゃうんじゃない」

七里ちゃんがれんげ荘に来た当初、潤さんは冷たい態度を取っていた。

それでも、彼女はめげずにここに居て働き、そんな健気な姿にれんげ荘のみんなだけでなく、潤さんも態度が変わってしまったことを自覚しているんだろうか。

「……姉さんにも、同じようなこと言われたが。俺は、七里を姪としか思えない」

「あっ、やっぱり、七里ちゃんのお母さんと連絡取ってたんや」

「七里には言うな、心配や迷惑をかけるのが嫌なんだ、姉さんには知らないフリを頼んである」

「確かに、さっき、ここに住むん、お母さんにどう言おうって不安そうにしてたわ」

「大丈夫だ、姉さんには、頼んで了承してもらったから」

「七里ちゃんもだけど、お姉さんとは血は繋がってないのに、信頼あって仲よいよね」

「親父を看取《みと》るため姉さんのお母さんは再婚してくれて、もうふたりとも居ないしな」

「連れ子同士の再婚やったっけ、うらやましいよ、両親一緒でも俺んとこ最悪やから」

「つき、まだ、実家に連絡取ってないのか」

「お医者さんの優秀な兄ちゃんらと違って、医学部勝手に辞めて芸人になる馬鹿息子、いらんって、言われたからな」

　こちらを向き、真面目な顔で口を開こうとした潤さんより、先に俺は続ける。

「潤さん、七里ちゃんと結婚すれば。お姉さん安心するだろうし、ここのみんなも嬉しいよ、あ、亜美ちゃん以外は」

　潤さんは眉間のシワを深くして、口を閉じ、考えてからだろう開いた。

「……お前は、飼ってる犬がかわいくても、結婚したいと思わないだろう」

「潤さん野良犬やったけど、れんげさんと結婚したやん」

「姉さんにも言ったが、俺は、もう誰とも結婚しない」

「じゃあ、七里ちゃんのこと、口説くの頑張るわ。おやすみ」

引き止める声をあとに、俺は店を出る。

空を見上げるとぽっかりと大きな満月。

れんげ荘に入ったばかりの頃、こちらを監視しているようで気持ち悪いと言った俺に、明日の晴れを教えてくれる優しいものだと教えてくれた人がいた。

その人を想い、あわく光る白い月に口を開く。

「……今日、潤さん、あなたが入院してから初めてみんなとごはん食べたよ」

七里ちゃんが来て、一番よかったのはれんげさんだろう。

「……結婚しないなんて、いつまで、言ってられると思う？」

れんげさんは、最後まで、潤さんのことを心配していた。

「……かわいいって言ってるやんね。俺も、かわいいと思うから、うらやましい」

れんげさんは、自分のせいで潤さんが幸せを拒否することを予想していた。

「……あなたの病気に一番に気づいて、……医大生のくせに何も出来なかった、俺のがあかんやろ」

それでも、潤さんのように後悔に縛られたままでいようと思わない。

れんげさんは、俺だけに弱音を吐いてくれたから。

潤さんはもらえなかった、俺だけの約束を彼女はくれたからだ。

「……あなたの言うとおり、……あなたが居なくても、楽しく生きてるよ」

「表面だけだけど」と続け、それでもいいだろうと思う。

俺のれんげさんへの気持ちは、潤さんに負けてなかったからだ。

「……去年、あなたが行けなかったお花見、明日楽しんでくるわ。……おやすみ」

傍《はた》から見たらキモいだろう、居なくなってから癖になったれんげさんへの呼びかけ。

今宵の月のような話を終え、潤さんの幸せそうに動揺する姿を思い返し、「本当に、うらやましいわ」と俺は緩んだ顔で言った。

※

――心の中をのぞける眼鏡は、あっても意味はない。

午前零時過ぎ、私は、薄暗い柴田酒店の隅でひっくり返したビールケースに座り。

「シゲさん、七里ちゃんは、俺と再婚してくれるかなあ？」

ビールケースのテーブルを挟み、ここの店主で同じくビールケースに座る柴田さんに問われた。

「残念ながら、その可能性はないのでは」

薄暗くても顔が真っ赤だと判断出来る柴田さんは、ぐいっとお猪口を空けてから、「後生やでえっ」とオーバーに落胆したリアクションを取る。

私は、あと少し、あと少しと帰してくれない彼に二時間ほど付き合い、同じ質問を十回はされていて、十回の同じ返事の続きを言う。

「柴田さんより、年が若いのがふたり居ますからねえ」

私は、とっておきと出してくれた大吟醸が注がれたお猪口をなめ、思う。

月城は、軽薄で女に手が早く、見た目だけが取り柄の売れない芸人。

潤は、亡き妻の面影を引きずる、見た目どおり暗いプログラマー。

「シゲさん、俺は歳いってるけど、ふたりよりは七里ちゃんを幸せに出来るわ！」

「柴田さんが四十歳若ければ圧勝でしたが、今から再婚となると、数年後には介護か未亡人になりますからね」

「後生やで」と、柴田さんはお猪口を空ける。

「じゃあ、シゲさんは、七里ちゃんにどっちとくっついて欲しいん？」

「どちらも嫌です」と返すと、がははっと笑い、彼は私のお猪口を注いでくれる。

「俺の再婚話は置いといて、なんか、嬉しいわ。七里ちゃんが来て、【れんげ荘のごはん】開いて、【れんげ荘】のみんなやっと明るなったから」

「柴田さんには、余計なご心配をかけてしまっていたんですね。すみません」

「謝らんとって、お母ちゃん死んで子供らも出てって、暇な老人は心配ぐらいしかすることないんや」

「酒屋さん、開いてるじゃないですか」

「自分と友達が、ええ酒飲むためだけにな」

そう言って彼は笑み、私たちはお猪口で乾杯をする。

「七里ちゃんのお陰で、【れんげ荘】のみんな元気になって、れんげちゃん喜んでるやろね」

「はい」と返し、罪悪感を感じる。

潤が心配だと言って、まだ二十歳の、なんにも知らない女の子を騙したからだ。

彼女からすれば、れんげちゃんや、【れんげ荘】のことなどどうでもいいだろう。

だが、優しさと善意に突け込み、潤とともに留まらせることを成功した。

……七里さん、ごめんな、私はれんげちゃんが一番大事なんや。

「シゲさん、七里ちゃん、【れんげ荘】で楽しそうやからよかったな」

はっと現実に戻ってくると、彼は真面目な顔で続けた。

「婚約破棄以外にも、事情があって来たんやろうに、こんなすぐに馴染んでよかったな」

私は、七里さんの母親と連絡を取った潤から事情を聞いているが、彼は知らないはずで彼女が打ち明けているとは思えない。

「柴田さん、あなたは、他人の心が読めるんですか？」

「見とったら分かるやん」と言われ、「柴田さんすごいです」と返す。

照れ始めた彼を見ながら、七里さんが楽しそうに見えるのは、自分の願望からでないことにほっとした。

「七里ちゃん、しばらくは【れんげ荘】におって欲しいなあ」

私が返せないでいると、柴田さんが続けた。

「シゲさん、頼むから、七里ちゃんに変な虫つかんように見張っててや」

「それは、任せて下さい。変な虫だけじゃなく、変な野良犬が居座らないようにも」

「潤のやつ、【れんげ荘】に押しかけて居座って、れんげちゃんゲットしたもんなあ」

れんげちゃんがボロボロの潤を拾ってきて、世話をしてやったのに挨拶もなく出て行ったあと、大きな荷物を持って戻ってきたことは今思い出しても腹立たしい。

「……れんげちゃんは、本当に、馬鹿な男を選んだ」

あの子が亡くなる直前まで心配していたとおり、潤は幸せをあきらめた馬鹿な男だ。

「ほんまやなあ、こんな、俺みたいなええ男がおったのになあ」

「れんげちゃんが結婚したとき、柴田さんの奥様は生きてらっしゃったでしょう」

「後生やでえ」と柴田さんは笑顔で言い、続けた。

「中崎町に吹いた春一番やな、七里ちゃんは」

どやあっと音が聞こえてきそうな顔をした彼に、私は言った。

「柴田さん、春一番は立春から春分までに吹く春風で、少し時季が遅いですよ」

「じゃあ、春二番、三番か」

「おっ、柴田のおじいちゃん、よく知ってるやん」

突然聞こえた軽い声の主が、許可なく、入り口から私たちに近づいてくる。

「なんや、売れない漫才師が、偉そうに」

「春一番のあと、二番、三番って言うみたいだけど、七里ちゃんは一番だよ」

私たちが座るそばに立ち、月城がいけ好かない軽い笑みを浮かべて言った。

「今年、みんなでお花見に行けると思わんかった。七里ちゃんは、【れんげ荘】に春を運んでくれたわ」

去年の春、【れんげ荘】の住人はお花見に行かなかった。

毎年楽しみにしていたれんげちゃんが行けなかったからだ。

あの子が居なくなって一年しか経ってないのに、行けるとは。

「……お前の言うとおりやな、……おい、何、人の酒飲んでんや」

「明日、お花見やから、シゲさんが飲み過ぎないよう迎えにきたんやろ」

「俺も、もちろん行くでな、よっしゃ！　じゃあ、お花見の前夜祭始めるで！」

「柴田さん、たまには、ええこと言うやんか」

月城は勝手知ったるという体で冷蔵庫から缶ビールを取り、ビールケースを持って私の隣に断りなく座る。

「お疲れ様でした。シゲさんの思惑どおり、ふたりが留まってよかったね」

そう言って、空にした私のお猪口に、プルを空けた缶の飲み口を月城は合わせた。

「月城、お前、七里さんに手え出したら、鼻の穴四つにするからな」

「シゲさん、俺、魚にはなりたくないわ」

私は、腹黒い笑みを浮かべる月城よりも、まだ、馬鹿な男のほうが、七里さんにはマシだろうと思った。

END

この物語はフィクションです。実在の人物、団体等とは一切関係がありません。